소중한 ＿＿＿＿＿＿＿＿＿＿＿ 에게

＿＿＿＿＿＿＿＿＿ 가(이) 선물합니다.

＿＿＿＿＿＿＿＿＿

폼페이
최후의 날

에드워드 조지 불워 리턴 지음

1803년 영국 런던에서 태어났습니다. 케임브리지 대학교를 졸업한 뒤 정치에
뜻을 두고 1858~1859년 식민지 담당 대신으로 활동하여 1866년 초대 리턴
남작에 봉해졌습니다. 처음에는 시를 쓰는 데 관심을 두었으나, 나중에 소설을
쓰면서 유명해졌습니다. 대중적인 소설을 즐겨 썼는데, 1834년에 발표한
장편 역사 소설 「폼페이 최후의 날」로 널리 알려졌습니다.

양재홍 엮음

경상북도 예천에서 태어나 추계예술대학교 문예창작학과에서 문학 수업을
받았습니다. 1994년 문화일보 하계 문예 공모에 동시 「하늘소」가 당선되어 등단
했습니다. 그동안 그림 동화 「재주 많은 다섯 친구」, 동시집 「붕어빵 아저씨 결석하다」
등에 글을 썼으며, 「아동문학평론」 신인상과 제2회 눈높이아동문학상을 받았습니다.
지금은 청소년 문학원을 운영하면서 아동 문학에 열중하고 있습니다.

2022년 4월 25일 2판 5쇄 **펴냄**
2011년 8월 10일 2판 1쇄 **펴냄**
2007년 11월 20일 1판 1쇄 **펴냄**

펴낸곳 (주)효리원
펴낸이 윤종근
지은이 에드워드 조지 불워 리턴
엮은이 양재홍 · **그린이** 김동훈
등록 1990년 12월 20일 · **번호** 2-1108
우편 번호 03147
주소 서울시 종로구 삼일대로 457, 406호
전화 02)3675-5222 · **팩스** 02)765-5222

ⓒ2007 · 2011. (주)효리원

ISBN 978-89-281-0148-1 64880

이메일 hyoreewon@hyoreewon.com
홈페이지 www.hyoreewon.com

폼페이
최후의 날

에드워드 조지 불워 리턴 지음

양재홍 엮음 · 김동훈 그림

 효리원
hyoreewon.com

서기 79년에 이탈리아 나폴리만을 굽어보고 있던 베수비오 산에서 거대한 불기둥이 솟았습니다. 이 화산이 크게 폭발해 폼페이 시는 삽시간에 폐허가 되고 말았습니다.

당시 약 1만 5,000명에 달하던 폼페이 시민들은 대부분 죽음을 당했습니다. 배를 타려고 바닷가로 달려 나갔던 사람들도 엄청난 해일 때문에 배에 오르지도 못하고 6미터가 넘는 잿더미에 갇혀 목숨을 잃었다고 합니다.

「폼페이 최후의 날」은 그 무렵의 폼페이 시를 고스란히 살린 역사 소설입니다. 이 작품을 쓴 에드워드 조지 불워 리턴은 1800년대 영국에 살았던 귀족입니다. 그는 정치가로도 활약하면서 소설을 썼는데 이 작품으로 세계적인 명성을 얻었습니다.

훗날 역사학자들이 폐허가 된 폼페이 시를 발굴하면서 재앙이 일어났던 당시의 모습이 고스란히 드러났습니다. 잿더미 속에 숨어 있던 길과 관공서, 저택과 선술집, 다양한 생활 도구와 작은 공장들의 모습이 너무도 생생해서 많은 학자들의 상상력에 생기를 불어넣었습니다.

그러나 무엇보다도 관심을 끈 것은 재앙을 맞닥뜨린 사람들의 다양한 모습이었습니다. 그중에서도 갖가지 재물을 품에 안고 죽은 사람들의 유골은 안타깝기 그지없었습니다.

오늘날에도 우리 인류는 엄청난 자연재해나 핵전쟁 또는 크고 작은 테러의 위협에 시달리고 있습니다. 내일 일을 알지도 못하면서 오늘을 살고 있는 게 인간입니다. 하늘을 덮은 거대한 그림자가 다가오는 줄도 모르고 남을 헐뜯고 재물을 탐하기에 바쁜 것이 끈질기고도 간악한 인간의 생명력이자 어리석음입니다.

이 책을 읽으면 그런 사실을 확실히 깨닫게 됩니다. 어떤 사람은 자연의 위력 앞에서 너무도 나약한 인간의 모습을 보기도 하고, 마지막 순간까지 욕심을 버리지 못하고 몸부림치는 추악한 우리들의 모습을 보면서 진저리를 치기도 할 것입니다.

여러분 모두 「폼페이 최후의 날」을 읽으면서 앞으로는 어떻게 사랑하고, 무엇을 소중하게 여기며, 어떻게 살아갈지 깊이 고민해 보면 좋겠습니다.

엮은이 양재홍

| 차례 |

폼페이 거리에서

　로마의 귀족 청년 클로디어스가 폼페이 시의 거리를 걷고 있었다. 거리는 사람들과 마차들로 몹시 붐볐다. 클로디어스는 마차가 지나갈 때마다 일일이 미소를 짓거나 인사를 건네면서 천천히 걸어갔다.

　그때 그리스풍으로 장식한 화려한 마차를 타고 지나가던 한 청년이 반갑게 소리쳤다.

　"이봐, 클로디어스! 기분이 아주 좋아 보이는데 어디 좋은 데라도 가는 모양이지?"

　그 말에 클로디어스가 고개를 돌리며 환하게 웃었다.

　"오, 글라우코스. 난 목욕탕에 가는 길이라네."

"그래? 그럼 나와 같이 가세."

글라우코스는 마차에서 내린 다음 마부를 먼저 보냈다.

두 사람은 화려하게 장식한 상점들이 즐비한 거리를 따라 나란히 걸으면서 이런저런 얘기를 나누었다.

"이곳 로마 사람들은 고집불통이라서 인생을 제대로 즐길 줄 모르는 것 같더군. 우리 아테네 사람들은 로마 사람 흉내만 내도 질색을 한다네. 로마 사람 중에는 우리처럼 시를 사랑하고 이해하는 능력을 가진 사람도 아주 드물어. 대부분 시를 읽고도 기계처럼 딱딱하게 해석할 뿐이지. 안 그런가?"

그리스인인 글라우코스가 말했다. 클로디어스는 자기 민족을 그런 식으로 얘기하는 것이 조금 불쾌했지만 조용히 고개를 끄덕였다. 자신도 동족인 로마인들을 약간 좋지 않게 보는 마음이 있었기 때문이었다.

두 사람은 어느새 삼거리 광장에 다다랐다. 그곳은 사람들이 너무 많이 몰려 있어서 길을 지나다니기가 힘들 지경이었다. 광장을 힘겹게 지나려 할 때 사람들 사이에서 부드러운 삼현금 연주에 맞춰 노래를 부르는 소리가 들려왔다. 노래를 부르는 사람은 테살리아에서 온 눈 먼 소녀 니디아였다.

글라우코스는 곱고 맑은 노랫소리를 따라 사람들을 헤치고 앞으로 나아갔다. 클로디어스도 그 뒤를 따랐다.

"꽃 사세요. 어여쁘고 사랑스러운 꽃 한 송이 사세요."

니디아는 오른팔에 꽃바구니를 건 채 삼현금을 연주하면서 그 가락에 맞춰 이렇게 노래를 불렀다.

많은 사람들이 가여운 눈빛으로 그녀를 바라보다가 바구니 속에 은화를 한 닢씩 던져 주곤 했다.

글라우코스는 한동안 니디아의 노래에 귀를 기울이고 있다가 말했다.

"니디아, 오랜만에 폼페이로 돌아와서 네 노랫소리를 들으니 정말 반갑구나. 그새 목소리가 더 고와진 것 같은데!"

"어머나! 글라우코스 님. 폼페이엔 언제 돌아오셨어요?"

니디아가 얼굴을 살짝 붉히면서 놀란 듯 물었다.

"며칠 됐어. 우리 집 정원에 핀 꽃들이 네 손길을 기다리고 있는데 언제 한번 와 줄 수 있겠니? 지금까지 그랬던 것처럼 네가 우리 집 정원의 꽃들을 돌봐 주고, 그 꽃으로 꽃다발을 만들어 장식도 해 주었으면 좋겠는데."

"물론이죠. 며칠 내로 꼭 찾아 뵐게요. 사실은 글라우코스 님이 이곳에 안 계실 때도 제가 댁에 가서 계속 정원을 돌보고 있었어요."

니디아는 소리 없이 빙긋 웃었다.

글라우코스는 고맙다는 인사를 한 다음 오랑캐꽃 한 다발을 사 들고 니디아와 헤어져 다시 목욕탕을 향해 걸어갔다.

글라우코스와 클로디어스가 목욕탕에 거의 다다랐을 때 한 아가씨가 베일로 얼굴을 가린 채 그들 쪽으로 다가왔다.

돈 많기로 소문난 디오메드의 딸 율리아였다.

그녀의 뒤에는 여자 하인 둘이 따라오고 있었다.

"오, 율리아 양! 오늘은 다른 날보다 훨씬 아름다우시군요."

클로디어스가 잔뜩 흥분해서 외쳤다.

하지만 율리아는 그에게 가벼운 눈인사를 건네고는 이내 글라우코스에게 눈길을 돌렸다. 글라우코스를 바라보는 그녀의 눈빛은 수줍은 듯하면서도 어딘가 애틋함이 느껴졌다.

"글라우코스 씨, 드디어 폼페이에 돌아오셨군요. 제가 누군지 아시겠어요?"

"그럼요. 율리아 양 같은 미인을 몰라볼 리가 있나요?"

그 말에 율리아는 몹시 기쁜 표정을 지으며 말했다.

"조만간 연회에서 또 뵙겠어요."

"네, 그날을 손꼽아 기다리겠습니다."

글라우코스는 예의를 갖춰 대답했다.

율리아는 만족한 듯 웃으면서 작별 인사를 하고 멀어져 갔다. 클로디어스는 그녀에게서 눈을 떼지 못하고 줄곧 지켜보았다.

"글라우코스, 율리아처럼 미모와 엄청난 지참금을 동시에 가진 여인과 결혼한다면 정말 행복하겠지! 부디 내가 그 행운의 사나이가 될 수 있기를 빌어 주게나."

클로디어스가 여전히 눈으로 율리아의 뒷모습을 좇으며 꿈꾸는 듯한 목소리로 말했다. 글라우코스는 그를 돌아보며 조그맣게 한숨을 쉬었다. 진실한 사랑이 가장 값지다고 생각하는 자신의 생각과 클로디어스의 생각이 너무나 다르다는 것을 새삼 깨닫는 순간이었다.

클로디어스는 심각한 것을 싫어하는 사람이었다. 그는 마음에 드는 여인이 있으면 쉽게 사랑에 빠졌고, 싫증이 나면 쉽게 헤어졌다. 사랑을 할 때도 상대방의 지참금을 먼저 계산했기 때문에 결코 참된 사랑을 나눌 수 없었다. 반대로 글라우코스는 겉으로 보이는 미모나 지참금보다는 그 사람의 품성과 서로에게 느끼는 감정을 훨씬 높이 평가했다.

"내가 볼 때 율리아는 최고의 신붓감이야. 미모와 돈 두 가지를 모두 가진 아가씨가 어디 그리 흔한가? 사실은 자네도 율리아한테 관심이 있지?"

바닷가를 지날 때 클로디어스가 불쑥 말했다.

"율리아는 미모와 돈은 가졌을지 몰라도 배운 건 별로 없어. 학문에 대한 열정이나 교양이 부족하단 말일세. 내가 마음에 품고 있는 여인은 따로 있으니 앞으로 농담이라도 그런 얘기는 하지 말게나."

"그래? 그 여인이 도대체 누군가?"

클로디어스는 눈을 반짝 빛내며 호기심 가득한 표정을 지어 보였다.

글라우코스는 잠시 생각에 잠겨 있다가 천천히 입을 열었다.

"내가 한곳에 오래 머물지 않고 여기저기 떠돌아다니는 건 자네도 잘 알 거야. 4~5년 전쯤 내가 나폴리에 살 때였는데 그날 난 미네르바 신전에서 기도를 하고 있었다네. 나라를 빼앗기고 슬픔에 잠긴 우리 아테네 시를 위해 올리는 기도였지. 한참 기도를 하고 있는데 내 뒤에 있던 어떤 여인이 슬픔에 잠겨 한숨을 짓더군. 무심코 고개를 돌렸는데 어찌나 아름다운지 난 순식간에 마음을 빼앗기고 말았어. 알고 보니 그녀도 나와 같은 그리스인이지 뭔가. 그날 인사만 몇 마디 나누고 헤어진 뒤로 난 늘 그녀를 그리워했지. 하지만 그 후 한 번도 그녀를 만날 수 없었다네."

말을 마친 글라우코스는 또다시 그리움이 밀려오는 듯 먼 하늘을 올려다보았다.

클로디어스가 뭐라고 대꾸를 하려는데 이집트인 아르바케스가 두 사람 곁으로 다가왔다. 그는 마흔 살쯤 되었으며, 훤칠한 키에 번뜩이는 검은 눈을 갖고 있었다. 어딘가 교활하고 음흉해 보이는 분위기 때문에 글라우코스와 클로디어스는 그를 별로 좋아하지 않았다.

"이런 곳에서 여유를 즐기는 걸 보니 자네들은 무척 한가한 모양이군 그래. 젊었을 때 인생을 즐기는 것도 좋지만 우리처럼 남의 나라에 와서 사는 사람들은 그러면 안 돼. 나중에 후회할 일만 생기거든."

발등까지 내려오는 검은색 옷을 입은 아르바케스는 싸늘한 눈빛을 보내며 말했다.

"흠, 당신이 말하지 않아도 잘 알고 있으니 너무 걱정하지 마세요."

글라우코스가 무뚝뚝하게 대꾸했다.

"그렇다면 다행이군."

아르바케스는 툭 내던지듯 말하고는 긴 옷깃을 펄럭이며 멀어져 갔다. 그가 떠난 자리에 알 수 없는 냉랭함이 감돌았다.

글라우코스와 클로디어스는 얼굴을 찡그린 채 그의 뒷모습을 물끄러미 바라보다가 발길을 돌려 목욕탕으로 갔다. 길을 걸으면서 글라우코스는 아르바케스와 마주칠 때마다 이상하게 기분이 나빠진다는 생각을 했다.

그로부터 며칠 후, 글라우코스의 집에서 화려한 연회가 열렸다. 글라우코스는 빼어난 외모와 재능을 지닌데다 엄청난 유산까지 물려받은 아테네의 젊은이였다. 그는 부러울 것이 없는 환경을 타고났지만 나라를 빼앗겨 로마의 식민지가 되었다는 사실에 큰 고통을 느끼고 있었다. 그래서 한곳에 마음을 붙이지 못하고 이곳저곳 돌아다니며 여행을 하고, 틈만 나면 연회를 열어 그럴듯한 사람들과 어울리며 술을 마시거나 노름을 하며 시간을 보냈다. 그 모든 짓은 그가 나라 없는 국민의 서글픔을 달래는 방법이었다.

연회가 열리는 날 저녁, 폼페이에 있는 글라우코스의 아름다운 별장에는 클로디어스와 지역 판사, 시의원 살러스트 등 여러 사람이 모였다. 그들은 식탁 가득 차려진 음식과 술을 나눠 먹으며 몇 시간 동안이나 수다를 떨었다.

양고기를 먹고 있던 중에 우연히 원형 경기장에서 벌어지는 맹수 싸움에 대한 이야기가 나왔다.

"요즘은 경기장에서 굶주린 사자와 싸움을 시킬 죄수가 부족해서 별로 재미가 없어."

판사가 양고기를 질겅질겅 씹으며 말했다.

글라우코스가 이맛살을 찌푸리며 대꾸했다.

"로마 사람들은 그런 잔인한 구경거리에 익숙해져서 아무렇지 않은지 모르겠지만 우리 그리스인들은 달라. 짐승끼리 싸우는 건 몰라도 사람을 경기장에 내던져서 맹수와 싸우게 하는 건 너무 끔찍해. 사람이 맹수에게 물어뜯겨 비참하게 죽어 가는 걸 보는 게 그렇게 즐거운가?"

그의 말에 판사는 말없이 어깨만 으쓱해 보였다. 두 사람 때문에 한순간 연회장이 어색한 분위기에 휩싸였다.

"자, 자, 이 자리에 어울리지 않는 얘기는 그만들 하고 다 같이 건배나 하자고."

인정 많은 살러스트가 무거운 분위기를 바꿔 보려고 잔을 높이 들어 올리며 외쳤다. 모두들 잔을 부딪치고 한 잔씩 마시고 나자 다시 웃음소리가 퍼져 나갔다. 마침 악사들이 연주를 시작했다. 익숙한 음악 소리에 맞춰 모두들 그리스말로 기분 좋게 노래를 불러서 분위기는 한층 더 좋아졌다.

"역시 아름다운 노래야. 이 노래를 들으니 갑자기 아름다운 이오네 생각이 나는군."

클로디어스가 손가락으로 악사들의 연주에 장단을 맞추며 눈을 지그시 감고 말했다.

"이오네? 그건 그리스인 이름인데. 이곳에 그리스 여인이 있다는 말인가?"

글라우코스가 눈을 동그랗게 뜨고 물었다.

판사도 호기심 어린 표정을 지었다.

"하긴 자네가 폼페이에 돌아온 지 얼마 안 됐으니 모를 만도 하지. 하지만 다른 사람들은 다 알고 있을걸. 이오네처럼 기가 막힌 미인을 모른다는 건 로마의 황제가 누군지 모른다는 말과 마찬가지니까."

클로디어스의 말에 살러스트와 레피더스가 고개를 끄덕였다. 글라우코스는 더욱 궁금해져서 조용히 클로디어스의 말에 귀를 기울였다.

"이오네는 얼굴만 예쁜 게 아니라 목소리도 기가 막혀. 그 아름다운 목소리로 비파를 연주하면서 노래 부르는 걸 자네도 들어 봐야 하는데. 더 놀라운 건 그녀가 부르는 모든 노래가 자신이 직접 지은 시라는 거야."

그 말에 글라우코스는 저절로 입이 벌어졌다. 그는 시를 노래

하는 아름다운 여인의 모습을 상상하면서 자기도 모르게 마음이 끌렸다. 클로디어스가 그의 표정을 살피다가 장난스럽게 웃으며 말했다.

"글라우코스, 자네가 여자 얘기를 듣고 그렇게 넋 나간 표정을 짓는 건 처음 보는데! 어때? 지금 당장 가서 이오네를 한번 만나게 해 줄까?"

"좋아. 지금 당장 가 보세."

레피더스가 글라우코스 대신 냉큼 대답했다.

판사와 살러스트도 기다렸다는 듯이 자리를 털고 일어났다.

그들은 거리로 우르르 몰려 나갔다. 거리에는 어느새 은은한 달빛이 가득 내려앉아 있었다. 클로디어스는 일행을 데리고 곧장 이오네의 집으로 갔다.

이오네는 누구를 기다리는지 현관 앞을 서성거리고 있었다.

"잘 봐. 저 아가씨가 이오네야."

클로디어스가 글라우코스에게 나직이 말했다.

어둑어둑한 달빛 아래서 목을 길게 빼고 이오네의 모습을 살피던 글라우코스의 눈이 한순간 등불처럼 번쩍 빛났다. 그는 반가움과 놀라움에 어찌할 바를 몰라 했다. 이오네는 바로 그가 나폴리에서 그토록 애타게 그리워했던 마음속의 여인이었다.

아르바케스의 검은 속마음

아르바케스는 그리스인들과 로마인들을 모두 미워하고 있었다. 그는 그리스와 로마가 이집트의 훌륭한 지식, 법률, 시, 미술 따위를 훔쳐서 원숭이처럼 흉내내고 있다고 생각했다.

'흥. 너희들이 아무리 발버둥쳐도 우리 이집트인들을 따라올 수 없어. 언제나 우리가 너희들을 지배할 뿐이지.'

아르바케스는 혼자만의 생각에 빠져서 언제나 다른 사람들을 함부로 얕잡아보곤 했다. 바닷가에서 글라우코스와 클로디어스를 잠깐 만나고 헤어졌을 때도 그는 속으로 두 사람을 한껏 비웃었다.

어느 날, 이집트의 여신 이시스를 모신 신전에 율리아의 아버지인 디오메드를 포함한 여러 명의 상인들이 모여들었다. 그들은 모두 흰 옷을 입고 신전에 제물을 바쳤다.

아르바케스는 뒤에서 가만히 지켜보고 있다가 디오메드 옆으로 슬그머니 다가갔다.

"여신에게 신탁을 받고 싶어서 온 모양이지?"

"예, 내일 우리 무역선이 알렉산드리아로 출발하는데 폭풍우를 만나지 않고 무사히 잘 다녀올 수 있는지 궁금해서 왔습니다. 제물을 바치고 기도를 올렸으니 이제 곧 여신께서 응답해 주시겠지요?"

디오메드가 예의 바르게 대답했다.

"음, 물론이지. 이시스 여신은 누구에게든 수호신이 되어 주신다네."

아르바케스는 잔뜩 위엄을 떨며 말하고는 여신상을 향해 기도하기 시작했다.

신전의 돌계단 한가운데 제관 두 명이 서서 엄숙하게 신탁을 구하는 의식을 거행했다. 돌계단 중간쯤에는 어린 사제 한 명이 한 손에 꽃다발을 들고, 다른 손에는 흰 지팡이를 든 채 딱딱하게 굳은 얼굴로 서 있었다.

의식이 한참 진행되었을 때 사나워 보이는 새가 제단 둘레를

경중경중 뛰어 돌아다녔다. 그것은 곧 신탁이 시작된다는 신호였다. 그러자 아르바케스의 얼굴에 알 수 없는 미소가 번졌다. 의식이 한창 무르익자 상인들과 구경꾼들은 숨소리조차 내지 않았다.

그때 제관 하나가 뛰어나와 미친 듯이 춤을 추며 여신의 응답을 청했다. 그가 한동안 격렬하게 춤을 추고 나자 여신상에서 괴상한 목소리가 들려왔다.

"바다에는 사나운 폭풍우가 몰아칠 것이다. 그러나 그대들의 배는 아무리 무서운 폭풍우 앞에서도 축복을 받으리라."

그 말이 끝나자 디오메드와 상인들은 마주 보고 웃으며 좋아서 어쩔 줄 몰라 했다. 구경하던 사람들도 안도의 숨을 내쉬며 상인들을 축하해 주었다.

의식이 끝나고 모든 사람이 돌아간 뒤에 아르바케스는 신전 앞에 혼자 남았다. 잠시 후, 얼굴 전체에 주름이 잡히고 눈이 움푹 파인 제관이 여신상 뒤에서 천천히 걸어 나왔다. 그의 표정은 뻣뻣하게 굳어 있었다.

"칼레누스, 잘했어. 오늘 신탁도 아주 그럴듯하더군. 다들 자네 신탁에 감쪽같이 속아서 좋아하는 꼴이라니. 아파에키데스도 자네처럼 재치 있는 제관으로 키워야 할 텐데 걱정이야. 요즘은 신전에도 거의 오지 않고 자꾸만 나를 피하는 것 같아. 벌써 며칠째 코빼기도 볼 수가 없으니 원."

아르바케스가 나지막한 목소리로 말했다.

"당신은 아파에키데스에게 이시스 신앙을 심어 주려고 하시지만 그는 제단에 오르는 것도 무서워서 벌벌 떨고 있어요. 아직까지 우리와 함께 제사 의식을 거행하는 것도 거절하니 답답한 노릇이에요."

칼레누스가 주름투성이 얼굴을 흉하게 일그러뜨리며 말했다.

"내가 좀 더 신경 써서 붙잡고 가르치면 금방 나아질 거야. 그보다 그 녀석의 누나 이오네가 빨리 나를 사랑하도록 만들어야 할 텐데……. 내가 세상의 모든 청년들한테 이시스 신앙을 가르치고, 아름다운 여인들을 모두 내 여자로 만들고 싶어 한다는 건 자네도 잘 알지? 남매를 잘 돌봐 주는 척하면서 지켜보고 있는데 아직 이오네가 나를 사랑하는 것 같지는 않단 말이야. 조만간 연회를 열어서 이오네를 우리 집에 초대해야겠어."

아르바케스의 말에 칼레누스는 아무 대꾸도 하지 않고 조용히 고개만 끄덕였다. 그는 아르바케스가 어떤 사람인지 잘 알고 있었다. 아르바케스는 칼레누스에게 거짓 신탁을 하도록 가르쳤고, 자신의 저택 지하 방에서 비밀 연회를 열어 많은 여인들과 어울리며 방탕하게 살았다. 그가 늘 자신의 예사롭지 않은 능력을 자랑했기 때문에 칼레누스는 그를 굳게 믿고 따랐다. 아르바케스가 섬뜩한 눈빛으로 마법과 같은 힘을 보여 줄 때도 있어서 칼레누스는 감히 그를 거역할 생각조차 하지 못했다. 또 아르바케스가 시키는 대로 하면서 그 역시 방탕한 삶을 즐길 수 있었기 때문에 별다른 불만이 없었다.

한편, 이오네를 다시 만난 글라우코스는 기쁨에 찬 나날을 보냈다. 연회를 열었던 날 밤, 클로디어스의 손에 이끌려 갔을 때 그는 이오네와 짧은 인사를 나누고 곧 친구가 되었다. 그 사실은 그에게 말할 수 없이 큰 행복을 안겨 주었다.

그날 이후, 그의 눈에는 쏟아지는 햇살도 새삼 눈부셨고, 숨쉬는 공기조차 향기로웠으며, 마음에는 평화가 넘쳐났다. 니디아가 약속한 대로 정원의 꽃을 돌봐 주러 왔을 때도 그 어느 때보다 친절하게 대했다.

"글라우코스 님처럼 친절한 분은 다시 없을 거예요. 정말 고마워요."

니디아는 감격에 차서 말했다.

"그런 말 하지 마. 너처럼 이 정원을 정성스럽게 보살펴 주는 사람이 또 어디 있겠어? 오히려 고마워할 사람은 나야."

글라우코스는 말을 하면서 그윽한 눈
길로 니디아를 바라보았다. 그는 니디
아처럼 착하고 여린 소녀가 앞을 볼 수
없다는 게 늘 마음 아팠다. 그래서 어
떻게든 그녀를 도와주고 싶어 했다.

니디아가 조심스럽게 정원을 손질하
는 동안 글라우코스는 옷을 차려입고
밖으로 나갔다. 이오네의 집을 찾아가
려는 것이었다.

"잘 다녀오세요, 글라우코스 님."

"그래, 니디아. 나중에 또 보자꾸나."

글라우코스는 상냥하게 인사를 건네
고 가벼운 걸음으로 이오네의 집을 향
해 달려갔다.

이오네는 그를 반갑게 맞아 주었고,
두 사람은 뜰에 마주 앉아 얘기를 나누

며 즐거운 시간을 보냈다.

글라우코스는 이오네와 함께 시를 읊거나 그리스에 관한 얘기를 나눌 수 있다는 게 무엇보다 기뻤다.

이오네가 맑은 목소리로 자신이 지은 시를 노래할 때면 마치 꿈속을 헤매는 듯 황홀하기까지 했다.

"당신과 함께 있으면 시간 가는 줄 모르겠어요."

글라우코스가 기분 좋은 표정으로 말했다.

"저도 그런걸요."

이오네도 수줍게 웃으며 대꾸했다. 따스한 햇살이 멋지고 아름다운 두 남녀의 머리 위로 눈부시게 쏟아졌다.

같은 시간, 아르바케스도 부지런히 이오네의 집을 향해 가고 있었다.

"요즘 이오네한테 통 신경을 못 썼어. 빨리 그녀의 마음을 사로잡아야 하는데. 그 아파에키데스 놈이 속을 썩이는 바람에 신경을 쓰느라 너무 많은 시간을 허비했지 뭐야."

아르바케스는 혼자 신경질을 부리며 걸음을 재촉했다. 그는 언제나 세상 모든 것을 지배하고 싶어 했다. 한번 손아귀에 들어온 사람은 절대로 벗어나지 못하게 하는 성격인 그가 자신의 뜻을 거스르는 아파에키데스를 그냥 둘 리가 없었다.

그런데 그때 마침 숲속으로 난 좁은 길에서 두 사람이 딱 마주쳤다. 아파에키데스는 아르바케스를 보자마자 달아나려고 했지만 이미 때가 늦고 말았다.

"왜 나를 피하려고 하는 건가? 나는 자네가 훌륭한 제관이 될 수 있다고 믿었기 때문에 신전의 비밀을 모두 알려 주었네."

아르바케스가 애써 차분하게 말했다.

하지만 아파에키데스는 매섭게 그를 노려볼 뿐이었다.

"신전의 비밀이라고요? 그건 사기일 뿐이에요."

"신앙이란 원래 어느 정도는 눈속임도 있는 거 아닌가! 그걸 나쁘게 생각하고 나한테서 등을 돌리려고 하는 걸 잘 알고 있어. 하시만 자네는 이미 이시스 신 앞에서 맹세를 했으니 계속 나를 믿고 따라야지. 지금 자네가 이러는 건 일시적인 반항일 뿐이야. 그러니 더 이상 시간 낭비 하지 말고 빨리 돌아와서 다시 내 가르침을 받도록 해."

몹시 흥분한 아파에키데스와 달리 아르바케스는 여전히 침착한 태도를 잃지 않고 말했다.

"뭘 더 가르쳐 주겠다는 거죠? 새롭게 사기 치는 방법이라도 생각해 내신 모양이죠?"

"아니야. 지금까지의 모든 과정은 자네가 더 깊은 신앙심을 얻기 위한 공부라고 생각해. 내 말을 받아들일 수 없다면 오늘 밤 우리 집으로 와. 내가 좀 더 확실한 가르침을 주겠네. 알겠지? 꼭 와야 하네.”

그 말에 아파에키데스는 마음이 약간 움직이는 듯 다소곳한 자세를 보였다. 그는 누이 이오네와 마음 의지할 곳 없이 외롭게 살다가 우연히 아르바케스를 만나 이시스 신앙을 접하게 되었다. 그러나 곧 아르바케스의 신앙이 거짓투성이라는 것을 깨닫고는 신전을 떠나려고 했다.

아르바케스는 아파에키데스의 마음을 돌릴 수 있다는 확신을 갖고 홀가분한 마음으로 이오네의 집까지 갔다. 그는 뜰로 들어서다가 글라우코스와 이오네가 활짝 웃으며 다정하게 얘기하는 모습을 보고 깜짝 놀랐다. 그의 마음속에서는 순식간에 질투심이 이글이글 불타올랐다.

‘저자가 감히 나의 이오네를…….’

아르바케스는 날카로운 눈빛으로 글라우코스를 노려보며 현관 앞에 굳은 듯이 서 있었다.

비열한 음모

"아무리 뛰어난 시인이라도 사랑에 빠진 사람들의 마음을 제대로 표현하기는 쉽지 않을 거예요."

글라우코스가 사랑에 빠진 젊은이의 눈빛으로 말하자 이오네가 수줍게 웃었다. 아르바케스는 화가 치밀어오르는 것을 간신히 억누르고 점잖게 걸어갔다.

"두 사람이 마주 앉아서 무슨 얘기를 그렇게도 재미나게 하고 있지?"

"어머, 아르바케스 씨. 언제 오셨어요?"

이오네가 자리에서 벌떡 일어나며 반갑게 인사했다.

하지만 글라우코스는 그의 매서운 얼굴을 보는 순간 기분이

상해서 가볍게 고개만 숙여 보였다. 아르바케스도 차가운 눈으로 글라우코스를 바라보았다.

두 사람 사이의 냉랭한 분위기를 전혀 눈치채지 못한 이오네가 들뜬 목소리로 말했다.

"마침 잘 오셨어요. 제가 존경하는 두 분이 서로 만나게 되어 기뻐요. 앞으로 두 분끼리도 친구처럼 잘 지냈으면 좋겠어요."

"글쎄요. 아르바케스 씨는 아주 비밀스러운 연회를 열고, 보통 사람들이 상상도 하지 못할 만큼 괴상한 즐거움을 찾는 분이라고 들었는데 저같이 평범한 사람이 그런 분과 어떻게 친구가 될 수 있겠어요?"

글라우코스가 일부러 큰 소리로 웃으면서 말했다.

이오네가 말뜻을 잘 모르겠다는 듯 고개를 갸웃거렸다.

그러자 아르바케스가 약간 당황하면서 싸늘한 눈으로 글라우코스를 노려보았다.

"이오네 양에게 볼일이 있어서 오신 모양이니 전 이만 가 보겠습니다. 이오네, 다음에 다시 올게요."

글라우코스는 작별 인사를 하고 서둘러 돌아갔다. 그는 아르바케스 같은 사람과 한시라도 마주하고 싶은 생각이 없었다.

그가 나가 버리자 아르바케스는 차갑게 비웃는 표정을 지었다. 이오네는 아쉬운 듯 글라우코스가 사라진 쪽을 멍하니 바라보았다. 아르바케스가 숨을 한 번 몰아쉬고 나서 입을 열었다.

"이오네, 내가 언제나 너와 네 동생 아파에키데스를 걱정하고 있다는 걸 잘 알지?"

"그럼요. 늘 고맙게 생각하고 있어요."

"그렇다면 이제부터 내 말을 잘 들어라. 너 같은 숙녀는 언제 어디서나 몸가짐을 조심해야 해. 글라우코스처럼 겉멋만 잔뜩 든 놈들은 특히 더 조심해야 하지. 그런데 어쩌다 그런 놈과 친해진 거냐?"

아르바케스는 엄한 표정으로 물었다.

"그분은 아주 점잖고 좋은 분이에요. 저와 같은 그리스인이라서 그런지 말도 잘 통하는걸요."

"흥. 그게 다 그 놈이 널 꼬시려고 수작을 부리는 거야. 글라우코스는 사람들이 모인 자리에만 가면 네가 자기한테 반해서 정신을 못 차린다고 떠벌리고 있어. 그 녀석은 너랑 결혼할 생각은 눈곱만큼도 없으면서 그냥 널 농락하려는 것뿐이란 말이야. 그걸 정말 모르겠니?"

아르바케스는 아무렇지도 않게 거짓말을 술술 늘어놓았다. 그는 청년들에게 이시스 신앙을 가르칠 때도 타고난 말솜씨로 그들의 정신을 흐트러뜨리곤 했다.

"어쩜 그럴 수가!"

이오네는 아르바케스의 말을 그대로 믿었다. 아무리 생각해도 글라우코스가 그런 사람이라는 게 믿어지지 않았지만 그녀는 그 누구보다도 아르바케스를 믿고 있었다.

그녀는 실망스러운 마음을 감추지 못했다. 아르바케스는 속으로 기뻐서 어쩔 줄 몰라 했다.

"이오네, 그래도 내가 미리 알았으니 다행이지 뭐냐! 이제 글라우코스 생각은 싹 잊으려무나."

"네, 그럴게요."

이오네가 살짝 웃으면서 짧게 대답했다. 아르바케스는 만족해하면서 그녀와 아파에키데스에 관한 얘기를 좀 더 나누다가 집으로 돌아갔다.

그가 돌아가자마자 이오네는 갑자기 펑펑 울기 시작했다. 그때까지 애써 참고 있던 울음보가 한꺼번에 터진 것이었다. 그녀는 글라우코스를 진심으로 좋아하고 있었다. 그래서 아르바케스의 말을 들었을 때 큰 상처를 받았다.

'이제 다시는 글라우코스를 만나지 않을 거야.'

이오네는 속으로 굳게 다짐하고 흐르는 눈물을 닦아 냈다.

그날 해질 무렵, 아파에키데스는 아르바케스의 저택을 향해 길을 나섰다.

"그래, 아르바케스 씨의 말대로 내가 너무 성급했는지도 몰라. 다시 한 번 그를 만나서 이시스 신앙을 확실히 알아본 뒤에 마음을 정해도 늦지 않을 거야."

아파에키데스는 혼잣말로 중얼거리면서 어둑어둑해진 길을 걸어갔다. 그가 번화한 거리를 피해 호젓한 뒷길로 걸어가고 있을 때 맞은편에서 올린터스가 걸어왔다. 올린터스는 기독교인이었으며, 아파에키데스에게 자신의 신앙을 전도하기 위해 무척 공을 들이고 있었다.

그는 아파에키데스를 보자마자 반가운 얼굴로 달려왔다.

"아파에키데스, 오늘 밤에도 나랑 같이 기독교에 대해 공부하지 않겠나?"

"아니요. 죄송하지만 오늘은 그럴 마음이 별로 없어요. 사실전 지금 몹시 혼란스러워요. 어떤 종교가 참된 신앙인지 갈피를 잡지 못하겠어요."

아파에키데스는 괴로운 얼굴로 힘없이 대답했다.

"여보게, 잘 생각해 봐. 자네가 믿는 이시스 신앙은 도덕적으로 옳지 않은 짓을 아무렇지 않게 하도록 가르치고 있어. 하지만 기독교는 다르다네. 그리스도께서는 엄격한 도덕과 지극한 사랑을 가르치는 것이 참된 신앙이라고 말한단 말일세."

"아무리 그래도 오늘은 다른 약속 때문에 당신을 따라갈 수가 없어요."

아파에키데스는 올린터스를 혼자 남겨 둔 채 도망치듯 그곳을 벗어났다. 사실 그는 그동안 올린터스와 몇 번 얘기를 나누면서 기독교에 조금씩 마음이 끌리고 있었다. 하지만 지금은 모든 것이 너무나 혼란스러울 뿐이었다. 그는 빨리 아르바케스를 만나 보고 어느 쪽이든 자신의 마음을 결정해야겠다는 생각으로 걸음을 재촉했다.

아르바케스의 저택은 교외의 외진 곳에 있었다. 주변에는 다른 집이 한 채도 없었고, 현관 앞에는 스핑크스 석상이 서 있었다. 아파에키데스는 오싹한 느낌이 들어서 몸을 잔뜩 움츠리고 걸어가서 현관문을 세게 두드렸다. 곧 문이 열리고 이집트인 하인이 그를 아르바케스가 있는 방으로 안내했다.

"잘 왔네. 자네를 기다리고 있었어."

아르바케스는 아파에키데스의 눈치를 살피며 느긋하게 말했다. 아파에키데스는 그가 권하는 의자에 앉아서 조용히 기다렸다. 아르바케스는 미리 생각해 둔 얘기를 꺼내기 시작했다.

"자네는 지금 어떤 신앙이 옳은지 몰라서 무척 혼란스러울 거야."

그 말은 사실이었다. 아파에키데스는 그가 자신의 속마음을 꿰뚫고 있다는 데 조금 놀랐다.

아르바케스는 진지한 표정으로 계속해서 말했다.

"사람은 어떤 신앙이든 반드시 하나씩은 가져야 해. 이시스 신앙도 그중 하나지. 자네는 우리의 신앙이 속임수를 쓴다고 해서 부정하지만 그것은 아무 문제도 되지 않아. 우리가 아무리 속임수를 써도 사람들이 믿지 않으면 그만이거든. 그런데

많은 사람들이 그 신앙을 믿고 의지하지 않는가! 세상에는 다양한 신앙이 있어. 우리의 신앙도 그중 하나일 뿐이야. 따지고 보면 신의 존재를 확실히 아는 사람이 세상에 어디 있겠어? 다 사람들이 자기들 편한 대로 신을 만들어 내고 믿는 거지. 나는 그런 사람들을 위해서 속임수를 쓰는 거야. 그들은 속임수에 넘어가서 마음의 평화를 얻고, 우리는 많은 재물을 얻으니 서로 좋잖아. 그러니 자네도 너무 복잡하고 심각하게 생각하지 마. 그렇게 낭비하기엔 우리 인생이 너무 짧다는 걸 알아야지."

아르바케스가 하도 그럴듯하게 얘기하는 바람에 아파에키데스는 자기도 모르게 고개를 끄덕이며 들었다.

"좋아. 이제 자네도 다시 마음을 잡은 것 같으니 오늘 밤은 마음껏 즐겨 보세. 청춘이 가기 전에 조금이라도 더 즐겨야지."

아르바케스가 말을 마치고 나서 손을 들어 신호를 보내자 갑자기 감미로운 음악이 흘러나왔다. 그 음악은 사람의 마음을 묘하게 흥분시키는 힘을 지니고 있었다.

아파에키데스는 뭔가 대꾸를 해서 자신의 생각을 알리고 싶었지만 알 수 없는 힘에 눌려 입을 다물고 말았다.

음악이 끝나자 아르바케스는 아파에키데스의 손을 잡아끌고 넓은 휘장 안으로 들어갔다. 그곳에는 수천 개의 별들이 한꺼번에 빛나는 것처럼 밝은 빛이 쏟아지고 있었다.

사방 벽에는 장밋빛 구름과 아름다운 여인들의 얼굴이 그려져 있었고, 천장에는 여러 개의 불빛이 정신없이 깜빡거리며 빠르게 돌아가고 있었다. 아파에키데스가 놀라서 눈을 휘둥그레 뜨고 있을 때 기분을 저절로 들뜨게 만드는 경쾌한 음악이 흘러나왔다.

커튼 뒤에서 음악을 연주하는 사람은 바로 니디아였다. 니디아는 선술집을 하고 있는 버보의 노예였다. 그래서 그가 시키는 일이면 무엇이든 해야 했다. 음산한 느낌이 가득 서려 있는 아르바케스의 저택에서 연주하는 것이 끔찍하게 싫었지만 주인의 명령이었기 때문에 어쩔 수 없이 온 것이었다.

"정말 내단하군요."

아파에키데스가 들뜬 목소리로 말했다.

"자, 아무 생각하지 말고 즐기기만 하자고. 신들도 이런 즐거움은 맛보지 못할걸."

아르바케스는 평소의 냉랭하고 착 가라앉은 말투와 전혀 다르게 잔뜩 흥분해서 말하며 아파에키데스를 안쪽으로 잡아끌었다. 그들이 벽에 처진 휘장 앞에 다가가자 휘장이 양쪽으로 갈라지면서 꽃같이 아름다운 여인들이 우르르 달려 나왔다. 그녀들은 하나같이 사랑의 신으로 분장하고 있었다.

　꽃다발이나 비파를 들고 달려온 여인들은 아파에키데스를 에워싸고 화려하게 차려진 잔칫상으로 이끌었다. 아파에키데스는 여인들의 눈부신 아름다움과 꽃향기에 취해 도무지 정신을 차릴 수 없었다. 여인들은 그에게 계속해서 술잔을 건넸다. 아파에키데스는 술기운이 서서히 오르면서 흥에 겨워 여인들과 즐겁게 어울렸다. 몽롱한 분위기 속에서 그는 자신이 천국에 와 있는 게 분명하다고 생각했다.

　그새 아르바케스는 혼자 멀찍이 떨어져서 혼자 중얼거렸다.

　"아파에키데스, 네놈도 이런 즐거움을 맛보고 나면 더 이상 내 손아귀에서 벗어나려고 하지 못할 것이다."

　그의 야비한 웃음소리가 여인들과 아파에키데스의 커다란 웃음에 묻혀 넓은 홀 전체로 퍼져 나갔다.

니디아의 새 주인

폼페이는 쾌락을 좇는 사람들이 모여드는 곳이었다. 그런 사람들이 북적거리는 뒷골목에 선술집이 하나 있었다. 그곳이 바로 니디아의 주인인 버보 부부가 하는 술집이었다.

가게 안에는 투사들이 자리를 꽉 메우고 앉아서 술을 마시거나 주사위를 던져 내기를 하면서 시간을 보내고 있었다. 이른 아침이었지만 할 일 없는 투사들은 자리에 앉아서 일어날 줄을 몰랐다.

그들 사이로 키가 작고 뚱뚱한 버보가 바쁘게 오가며 술을 날랐다. 그도 한때는 투사였다. 비록 지금은 나이가 들고 몸이 불어서 예전의 흔적이 전혀 남아 있지 않지만 거칠고 포악한 성질

만은 그대로였다. 주방에서 일을 보고 있는 그의 아내 역시 여자 투사였다. 그녀는 키가 크고, 몸매가 탄탄하며, 팔뚝도 굵어서 남자 못지 않은 힘으로 경기장을 누비고 다녔다.

그들이 거친 투사들을 상대하면서 살 수 있는 것도 그러한 경력 때문이었다. 버보는 투사들이 시비를 걸어올 때면 한 치도 물러서지 않고 맞붙어서 싸웠다.

"내가 누군지 알기나 해? 난 경기장에서 한 번도 져 본 적이 없는 최고의 투사였어."

번번이 힘에 밀려 뒤로 넘어지면서도 그는 악다구니를 치며 끝까지 달려들곤 했다. 하지만 그도 억센 아내 앞에서는 맥을 못 추었다. 버보의 부인은 남편이 다른 투사들과 싸움을 벌일 때면 날 듯이 달려들어 상대를 남편에게서 떼어 놓았다.

그날 아침도 버보는 투사 하나와 시비를 벌이고 있었다.

그때 아내가 다급하게 달려와서 그를 한 구석으로 끌고 가 귓속말을 했다.

"여보, 이시스 신전의 칼레누스가 왔어요. 뒷문으로 몰래 들어와서 기다리고 있으니 빨리 가 봐요. 어젯밤에 니디아가 아르바케스 씨의 저택에 가서 연주를 해 줬잖아요. 그 값을 주려고 온 것 같아요."

그녀는 좋아서 어쩔 줄 몰라 했다.

"그래? 그럼 빨리 가 봐야지."

버보도 너털웃음을 지으며 주방 뒤쪽으로 슬그머니 들어갔다. 그새 버보 부인은 남편을 대신해서 투사들을 상대하며 시끄럽게 떠들어 대고 있었다.

버보가 들어가자 큼직한 망토로 온몸을 감싸고 망토에 달린 모자까지 푹 눌러쓴 칼레누스가 돈주머니를 내놓았다.

사실 두 사람은 친척 간이었다. 칼레누스는 제관이면서도 종교적인 책임감보다는 돈벌이에 더 관심이 많은 사람이었다. 그래서 친척인 버보와 손을 잡고 돈이 될 만한 일은 무엇이든 하고 있었다. 그래서 자신의 신분이 드러나지 않도록 신전을 빠져나올 때면 늘 변장을 하고 다녔다.

"니디아의 노래 솜씨와 악기 연주 솜씨가 제법이더군. 아르바케스 씨가 기분이 좋아서 돈을 조금 더 넣었을 거야."

칼레누스의 말에 버보는 웃으며 돈주머니를 열고 돈을 세어 보았다. 돈을 확인하고 나서 버보는 낄낄대면서 말했다.

"니디아는 우리한테 돈이 주렁주렁 열리는 돈나무 같은 아이라네."

말을 하던 그는 문득 니디아가 처음 오던 때를 떠올렸다.

몇 달 전, 그의 집에 있던 노예가 병에 걸려 죽는 바람에 버보의 부인은 다른 노예를 사기 위해 급히 노예 시장으로 갔다. 하지만 노예들의 몸값이 몇 년 새 턱없이 비싸져서 결국 노예를 사지 못하고 돌아섰다.

그때 한 남자가 조심스럽게 다가와서 말했다.

"다른 노예들의 절반 값에 살 수 있는 노예가 있는데 한번 보겠소?"

"정말이에요? 그럼 어서 가 봐요."

버보 부인은 곧바로 그 남자를 따라갔다.

그곳에 니디아가 고개를 떨군 채 오들오들 떨면서 앉아 있었나. 테살리아의 부유한 집에서 태어나 편안하게 지내던 니디아를 그 남사가 몰래 납치해 와서 노에로 팔려는 것이었다.

"어머나! 이렇게 예쁘고 참한 노예를 반값에 준단 말이에요?"

버보 부인은 남자의 마음이 변할까 봐 급히 돈을 치르고 나서 니디아를 데리고 집으로 돌아왔다. 하지만 집에 돌아온 그녀는 깜짝 놀랐다. 그때까지도 니디아가 너무나 자연스럽게 행동해서 그녀가 앞을 못 본다는 사실을 전혀 눈치채지 못했기 때문이었다.

"아이고, 내가 속았네. 그 사기꾼한테 내가 속았어."

버보 부인은 땅을 치면서 고래고래 소리를 질렀다.

그런데 뜻밖에도 니디아는 많은 재주를 가지고 있었다. 그녀는 다음 날부터 꽃을 꺾어다 꽃다발을 만들어서 거리에 나가 팔기 시작했다. 꽃다발이 아주 독특하고 아름다워서 금세 다 팔렸다. 그녀는 또 비파를 연주하면서 아름다운 노래를 불렀다. 사람들은 그녀의 노래를 듣고는 너도나도 동전을 던져 주었다.

니디아가 매일같이 많은 돈을 벌어 오자 버보 부부는 신이 났다. 그들은 오직 돈을 버는 데만 눈이 멀어서 니디아에게 무슨 일이든 닥치는 대로 시켰다. 전날 아르바케스의 연회에 보낸 것도 그때문이었다.

"칼레누스, 그런데 어젯밤 연회에서 무슨 특별한 일이라도 있었나? 늘 밝게 웃고 다니는 니디아가 오늘 아침엔 잔뜩 겁에 질려서 아무 말도 하지 않으니 좀 이상해서 말이야."

버보가 돈주머니를 꽁꽁 묶어 주머니에 넣으면서 물었다.

"그건 말할 수 없네. 아르바케스 씨와 비밀을 지키기로 약속했거든. 그 사람은 무시무시한 마술사라서 내가 약속을 깨고 비밀을 털어놓으면 금방 알아챌 거야."

칼레누스는 고개를 가로저으며 대꾸했다.

버보가 얼굴을 바싹 들이대고 다시 물어 보려 할 때 니디아가 들어왔다.

칼레누스는 입을 꾹 다물고 한쪽 구석에 가서 서 있었다.

"니디아, 무슨 일이니? 왜 얼굴이 새파랗게 질려 있는 거야?"

버보가 다정한 척 물었다.

니디아는 잠시 머뭇거리다가 바닥에 털썩 주저앉아 눈물을 뚝뚝 떨구었다.

"주인님, 저를 굶겨도 좋으니 어제 갔던 곳에는 다시 보내지 말아 주세요. 제발 부탁이에요. 그 연회는 너무나도 더럽고 추악했어요. 전 너무 무서워요."

"뭐야? 그렇게 좋은 돈벌이를 안 하겠다는 게 말이 돼? 다시 한 번 그런 말 하면 정신이 번쩍 나도록 흠씬 맞을 줄 알아라."

비보는 몹시 화를 내며 소리를 꽥 질렀다.

니디아는 겁에 질려 벌벌 떨면서 흐느껴 울었다. 버보의 고함 소리를 듣고 그의 아내가 허겁지겁 달려왔다. 그녀는 니디아 일이라면 자다가도 벌떡 일어났다. 니디아를 아껴서 그런 것이 아니라 오로지 돈벌이에 문제가 생길까 봐 걱정하는 것뿐이었다.

"여보, 무슨 일이에요? 니디아한테 무슨 일이라도 생겼어요?"

"니디아가 아르바케스 씨의 연회에 다시 안 가겠다잖아. 당신이 알아서 따끔하게 혼을 좀 내 줘. 좋은 돈벌이를 잃게 되면 당신도 좋을 게 없지?"

버보가 신경질적으로 말했다.

"그게 정말이니, 니디아? 노예 주제에 시키는 일을 안 하겠다니 참 기가 막히는구나. 당장 이쪽으로 와."

버보 부인은 눈을 번뜩이며 니디아를 한쪽 구석으로 끌고 갔다. 그러고는 채찍으로 마구 후려갈겼다. 철썩철썩 하는 소리가 날 때마다 니디아는 참을 수 없는 고통으로 찢어지는 듯한 비명을 질렀다.

그때 마침 글라우코스가 클로디어스, 레피더스와 함께 술집으로 들어섰다. 그들은 경기장에서 내기를 걸기 전에 투사들을 살펴보러 온 것이었다.

"돈을 따고 싶으면 투사들 하나하나를 잘 살펴보라고. 괜히 엉뚱한 작자한테 걸었다가 돈만 날리면 안 되지. 어때? 보기엔 다들 멋진 투사들이지?"

레피더스가 앞장서 들어오면서 말했다. 글라우코스와 클로디어스는 투사들을 찬찬히 살폈다.

그 순간, 안쪽에서 또다시 니디아의 비명 소리가 들려왔다. 글라우코스는 그것이 니디아의 목소리라는 것을 금방 알아채고 황급히 주방 안으로 달려갔다. 클로디어스와 레피더스도 뒤를 따랐다.

　세 사람이 뛰어 들어갔을 때 버보 부인이 회초리를 높이 들어 니디아를 막 후려치려 하고 있었다.

　글라우코스는 성큼성큼 걸어가 회초리를 빼앗아 들었다.

　"왜 가엾은 니디아를 때리는 거지?"

　버보의 부인은 조금 당황했지만 이내 마음을 가다듬고 또박또박 말했다.

　"누구신지 모르지만 이 아이는 제 노예예요. 주인이 노예를 혼내는데 무슨 문제라도 있나요? 상관 없는 일에 괜히 신경 쓰지 마시고 나가서 술이나 드세요."

　"아니. 그럴 수 없어. 니디아를 좀 봐. 저렇게 떨고 있는 게 당신 눈엔 안 보이냔 말이야."

　글라우코스의 말을 들은 니디아가 그의 등 뒤로 가서 몸을 숨겼다. 니디아는 세상에서 가장 든든한 후원자를 만난 듯 감격스러운 표정을 짓고 있었다.

　글라우코스는 피투성이가 된 니디아의 얼굴을 보자 더욱 마음이 아팠다. 그는 버보를 향해 말했다.

　"이봐, 주인장. 니디아를 나한테 팔지 않겠나?"

　"그건 절대 안 돼요. 니디아가 벌어 오는 돈이 얼만데 팔라고 하는 거예요?"

버보 대신 그의 아내가 앙칼지게 소리쳤다.

그러자 클로디어스가 나서서 말했다.

"버보, 자네를 보호해 주고 있는 판사가 내 친척이라는 걸 알고 있지? 내 말 한 마디에 자네 가게가 당장 문을 닫을 수도 있단 말이야. 이 술집에서 계속 술을 팔고 싶으면 글라우코스에게 그 아이를 순순히 내주는 게 좋을걸."

버보는 몹시 당황해서 머리를 벅벅 긁었다. 그의 아내도 얼굴이 시뻘게져서 어찌할 바를 몰라 했다.

"아무리 그래도 니디아를 내주면 우리는 손해가 큽니다."

버보가 한결 누그러든 목소리로 말했다.

"돈은 달라는 대로 줄 테니 얼마든지 얘기하게."

글라우코스가 덤덤한 표정으로 말했다. 니디아는 여전히 그의 소맷자락에 매달려 떨고 있었다.

"살 때는 6세스터시아를 줬지만 지금은 적어도 12세스터시아는 받아야 합죠."

"좋아. 12세스터시아를 주지. 이것으로 계산은 끝난 거야."

글라우코스가 그자리에서 돈을 건네주었다.

버보는 속으로 좀 더 많이 부르지 않은 걸 후회했다.

그렇게 해서 니디아는 마음씨 좋은 신사를 새 주인으로 맞게 되었다.

글라우코스를 따라 그의 집으로 가는 동안 니디아는 줄곧 기쁨을 감추지 못했다.

"글라우코스 님, 정말 고마워요. 글라우코스 님은 저의 은인이세요. 죽을 때까지 이 은혜를 잊지 않을게요."

"네가 기뻐하니 나도 기분이 좋구나. 당분간은 우리 집에 머물면서 좀 쉬도록 해라. 그리고 네 몸이 다시 좋아지면 이오네의 집에 가서 지내게 할 거야. 너는 그곳에서 이오네를 위해 아름다운 목소리로 노래를 불러 주기만 하면 돼. 그러면 너도 편안하게 지낼 수 있고, 이오네도 좋은 친구가 생겨서 행복해 할 거야. 알았지?"

"네, 글라우코스 님이 시키시는 일이라면 무엇이든 할게요."

니디아는 글라우코스 집에서 계속 머물지 못한다는 것이 조금 실망스러웠지만 어느 때보다 환하게 웃었다.

사랑의 편지

니디아가 글라우코스의 집에 온 지 며칠이 지났다. 그 무렵, 글라우코스는 큰 걱정에 빠져 있었다. 이오네의 집에 여러 번 찾아갔지만 그녀가 번번이 만나지 않겠다고 했기 때문이었다.

'이오네의 마음이 변한 걸까? 그렇다면 도대체 이유가 뭐지?'

그는 곰곰이 생각에 잠겼다. 하지만 아무리 생각해 봐도 그녀의 태도가 갑자기 바뀔 만한 일은 없었다.

'그래, 아르바케스가 나에 대해 좋지 않은 얘기를 한 게 분명해. 그날 이오네의 집에서 잠깐 만났을 때 그자의 표정이 나를 질투하는 것 같았어. 그자가 이오네와 나를 갈라놓으려고 뭔가 일을 꾸민 거야.'

글라우코스는 그렇게 결론을 내리고 편지를 써서 자신의 진심을 전하기로 마음먹었다. 그는 정성을 다해 편지를 쓴 다음 니디아를 불렀다.

니디아는 며칠 동안 편안하게 쉬어서 몸과 마음의 상처가 완전히 회복되어 있었다.

"글라우코스 님, 무슨 일로 부르셨나요?"

니디아는 상냥하게 물었다.

"니디아, 이 편지를 가지고 가서 이오네에게 좀 전해 줘. 너도 짐작하고 있겠지만 사실 난 그녀를 사랑하고 있단다. 그런데 무슨 일 때문인지 갑자기 그녀가 나를 만나 주지 않는구나. 이 편지를 읽고 그녀가 내 사랑을 다시 받아 주면 좋겠는데……. 그리고 네 얘기도 해 두었으니 이오네가 허락하면 오늘부터 그 집에서 지내도록 해. 만약 그곳에서 지내기가 불편하거나 이오네가 너를 마음에 들어하지 않으면 언제든 돌아와도 좋아."

글라우코스는 편지를 건네면서 다정하게 말했다.

니디아는 글라우코스의 집을 떠나는 게 섭섭했지만 아무렇지 않은 척 대답했다.

"네, 곧 떠날게요. 글라우코스 님의 사랑이 꼭 이루어졌으면 좋겠어요."

"고마워, 니디아. 넌 역시 마음이 곱구나."

글라우코스가 환하게 웃으며 말했다.

그가 웃는 모습을 보자 니디아는 한없이 행복했다. 그녀는 자기도 모르는 새 그에게 사랑의 감정을 느끼고 있었다. 고마움에서 시작된 감정이 어느 순간부터 사랑으로 발전해서 혼자 줄기를 뻗은 것이었다. 하지만 그것은 어디까지나 그녀의 마음속에서만 자라는 사랑이었다. 그녀는 오직 글라우코스가 행복하기만을 바랐기 때문에 기꺼이 그의 말을 들어주기로 했다.

니디아는 정원에서 가장 예쁜 꽃을 꺾어서 꽃다발을 만들어 들고 이오네의 집으로 갔다.

비슷한 시간, 이오네 역시 몹시 괴로워하며 눈물짓고 있었다. 그녀는 아르바케스에게서 글라우코스에 대한 얘기를 들은 후로 아무도 만나려 하지 않았다.

'역시 내가 믿을 사람은 아르바케스 씨밖에 없어.'

이오네는 자신이 글라우코스와 그토록 쉽게 사랑에 빠졌다는 게 너무나도 후회스러웠다. 그녀는 원래 남자들에게 마음을 잘 열지 않는 성격이었다. 그 때문에 남자들은 그녀를 보고 더욱 애를 태우곤 했다. 하지만 글라우코스는 워낙 품위 있고 다정다감한 사람이어서 아무런 경계심도 없이 짧은 시간 안에 친해질 수 있었다. 그녀도 그를 사랑하고 있었기 때문에 그녀가 입은 마음의 상처는 이루 말할 수 없이 컸다.

그런 사실을 눈치채고 가장 기뻐한 사람은 바로 아르바케스였다. 추악한 연회를 열어 아파에키데스를 굴복시킨 아르바케스는 이오네를 아내로 맞아들여야겠다고 결심했다.

'아파에키데스는 완전히 내 손아귀에 들어왔어. 그 녀석은 연회에서 쾌락을 맛보았기 때문에 나를 쉽게 떠나지 못해. 이젠 이오네 차례야.'

그의 생각대로 아파에키데스는 다시 이시스 신전에 돌아왔다. 연회가 끝나고 날이 밝았을 때에야 정신을 차린 아파에키데스는 자신이 종교인의 신분을 잊고 술을 마시며 많은 여인들과 어울려 방탕하게 지냈다는 생각에 몹시 괴로워했다. 하지만 이미 벌어진 일이었다. 그는 더욱더 혼란스러워진 마음을 추스르지도 못하고 아르바케스가 시키는 대로 이시스 신전에 돌아가서 자신의 자리를 지켜야만 했다.

그것으로 아르바케스는 아파에키데스가 마음을 잡았다고 굳게 믿었다. 그리고 이오네를 손아귀에 넣기 위해 그녀를 자신의 집으로 초대했다.

'오늘 밤에 아르바케스 씨 집에 가서 그분과 좀 더 얘기를 나

뉘 봐야겠어. 그럼 답답한 마음이 좀 풀릴 거야.'

이오네는 그날 밤으로 예정되어 있는 약속을 생각하며 창가에 우두커니 앉아 있었다.

그때 니디아가 도착했다. 니디아는 하녀의 안내를 받으며 방으로 들어왔다.

하녀는 쩔쩔매면서 이오네의 눈치를 살피다 말했다.

"아가씨께서 아무도 만나고 싶어 하지 않으신다고 했는데 전해 드릴 게 있다면서 하도 매달리기에 데리고 왔습니다. 아가씨, 마음 상하셨다면 지금이라도 내쫓을까요?"

"아니야. 앞도 못 보는 아가씨가 여기까지 찾아왔는데 그러면 안 되지."

이오네는 부드럽게 말하며 하녀를 밖으로 내보냈다.

"이오네 아가씨, 이 꽃다발을 당신께 드리고 싶은데 어느 쪽에 계신지 좀 알려 주시겠어요?"

니디아는 꽃다발을 내밀며 상냥하게 말했다.

이오네는 그녀의 사랑스러운 모습과 아름다운 꽃다발을 보자 금세 우울하던 기분이 풀리는 듯했다.

"꽃다발을 왜 나한테 주려는 건지 먼저 말해 줄 수 있겠니?"

"글라우코스 님의 심부름이랍니다. 여기 그분이 보낸 편지도

있어요."

니디아는 조심스럽게 편지를 꺼내 보였다.

"어머, 정말 그분이 보내셨단 말이야?"

이오네는 직접 니디아에게 다가와서 꽃다발과 편지를 건네 받았다. 그녀는 떨리는 손으로 편지를 펼쳐서 읽기 시작했다. 그 동안 니디아는 두 손을 얌전히 모으고 기다렸다.

　사랑하는 이오네,

　여러 날 동안 당신을 그리워하다가 용기를 내어 이 편지를 씁니다. 당신이 갑자기 나를 피하고 만나 주지 않으니 너무나도 마음이 아픕니다.

　제가 무슨 잘못이라도 했나요? 아니면 혹시 몹쓸 병이라도 걸리신 게 아닌가요? 궁금하고 답답해서 나는 잠을 이룰 수가 없습니다.

　이오네, 제발 나를 다시 만나 주십시오. 당신을 만날 수 없다는 건 내 인생의 모든 기쁨을 빼앗긴 것과 같습니다. 나는 당신의 마음이 갑자기 바뀐 까닭이 무엇인지 곰곰이 생각해 보았습니다. 그러다 지난번에 당신 집에서 아르바케스를 만났던 기억을 떠올렸습니다.

나는 당신이 왜 그런 사람을 그토록 믿고 따르는지 솔직히 알수가 없습니다. 그 사람은 믿을 만한 사람이 못 됩니다. 당신은 그 사람을 제대로 알지 못하고 있습니다. 나는 그가 틀림없이 당신에게 내 험담을 늘어놓았으리라 생각합니다. 그가 무슨 말을 했든 믿어서는 안 됩니다. 그것은 사실이 아니기 때문이지요. 당신도 시간이 지나면 누가 진실을 말하는지 알게 될 테니 더 이상 말하지 않겠습니다.

이오네, 다시 한 번 부탁합니다. 나의 사랑을 믿고 내 마음을 받아 주세요. 간절한 마음으로 당신의 대답을 기다리겠습니다.

그리고 이 편지를 들고 간 니디아는 아주 착하고 재치 있는 소녀입니다. 당신 옆에 있으면 좋은 친구가 될 것 같아서 보냈습니다. 니디아가 마음에 든다면 당신 집에서 함께 지내도록 해 주고, 그렇지 않다면 제게 다시 돌려보내셔도 됩니다.

나는 언제나 당신이 행복하기만을 기도하고 있습니다.

그럼 이만 안녕히.

편지를 읽는 동안 이오네의 얼굴은 환하게 밝아졌다. 그녀는 이제야 눈앞의 안개가 말끔히 걷히는 것 같았다.

'아! 내가 어리석었어. 나를 진심으로 사랑하는 사람을 의심하

다니.'

이오네는 기쁨의 눈물을 흘렸다. 그녀의 마음속에는 더 이상 글라우코스를 의심하는 마음이 남아 있지 않았다. 그녀는 편지를 곱게 접어서 품속에 넣고 곧바로 답장을 썼다.

글라우코스,

당신에게 너무 큰 상처를 준 것 같아서 정말 미안해요. 전 이제 당신을 믿어요. 그러니 아무 걱정하지 말고 내일 우리 집으로 와 줘요. 그때 만나서 자세한 얘기를 나누도록 해요.

당신을 기다리고 있을게요. 그리고 니디아를 보내 줘서 고마워요. 아주 착하고 귀여운 아이 같아요.

니디아와 좋은 친구가 될 것 같아요.

이오네는 편지를 짧게 마무리했다. 아르바케스의 집에 가기로 약속한 시간이 거의 다 되어서 서둘러야 했기 때문이었다. 그녀는 빨리 아르바케스를 만나서 글라우코스에 대한 것을 물어볼 생각에 마음이 급했다.

"니디아, 앞으로 우리 집에서 나와 함께 지내자꾸나. 그 전에 이 편지를 글라우코스에게 좀 전해 주고 오겠니?"

"네, 아가씨. 그런데 혹시 편지 내용이 글라우코스 님을 실망시키는 것이라면 죄송하지만 다른 사람을 보내 주세요. 전 그분이 마음 아파 하는 걸 보고 싶지 않아요."

니디아가 걱정스러운 표정으로 대답했다.

이오네는 환하게 웃으면서 말했다.

"걱정 마. 그분을 기쁘게 해 드리는 편지일 테니까. 넌 그분을 무척 걱정하는 것 같구나."

"네, 글라우코스 님처럼 좋은 분이 상처받는 건 정말 슬픈 일이니까요."

그 말을 듣자 이오네는 글라우코스가 어떤 사람인지 더 확실히 알 것 같았다. 눈 먼 소녀에게조차 존경받는 사람이라면 더 이상 말할 것도 없었다. 그러자 그녀는 갑자기 아르바케스가 두려워졌다.

니디아가 기쁨에 차서 편지를 들고 나간 뒤, 이오네도 곧 채비를 하고 아르바케스의 집으로 출발했다. 지금이라도 약속을 취소하고 싶었지만 그가 왜 글라우코스를 모함했는지 알아볼 생각에 내키지 않는 걸음을 옮겼다.

위험에 빠진 이오네

"오, 니디아! 넌 천사야."

이오네의 편지를 읽은 글라우코스는 활짝 웃으며 소리쳤다.

"글라우코스 님이 기뻐하시는 걸 보니 은혜에 조금 보답한 것 같아서 저도 기뻐요."

니디아도 웃는 얼굴로 조그맣게 대답했다. 글라우코스는 니디아를 붙잡고 이오네와 주고받은 얘기를 여러 번 되풀이해서 물었다.

니디아는 이오네가 했던 말을 단 한 마디도 빼놓지 않고 자세히 들려 주었다. 글라우코스는 행복에 겨워 어쩔 줄 몰라 하면서 내일 꼭 가겠다는 내용의 답장을 써 주었다.

니디아가 글라우코스의 답장과 새로 만든 꽃다발을 들고 그의 집을 나섰을 때는 이미 해가 지고 땅거미가 내려앉기 시작한 뒤였다.

그녀가 나가자마자 글라우코스는 친구들을 만나러 나갔다. 너무나 행복해서 집에 가만히 있을 수가 없었기 때문이었다.

글라우코스의 집을 나온 니디아는 급히 이오네의 집으로 가서 그녀를 찾았다. 하지만 그녀는 외출하고 없었다.

"이오네 아가씨는 아르바케스 씨 댁에 가셨어요."

하녀가 다가와서 알려 주었다.

니디아는 그 말을 듣고 기절할 듯이 놀랐다.

"정말 아가씨가 그 이집트인 집에 갔단 말이에요?"

"그래요. 그분하고는 아주 오래전부터 잘 아는 사이인걸요. 이오네 아가씨가 그분께 여러 가지로 도움을 많이 받았어요."

하녀는 니디아가 놀라는 게 이상하다는 듯이 고개를 갸웃거리며 말했다.

"그럼 아가씨가 그분 댁에 자주 가셨나요?"

"아니, 오늘 처음으로 가시는 거예요."

하녀가 미처 대답을 끝내기도 전에 니디아는 서둘러 밖으로 나갔다. 그녀의 마음속에는 글라우코스를 위해 반드시 이오네를 구해야 한다는 생각뿐이었다. 니디아는 아르바케스가 아파에키데스를 불러들였던 날 밤의 추악한 연회를 생각하고 치를 떨었다. 이오네는 아르바케스가 얼마나 사악한 사람인지 모르고 있는 것이 분명했다.

니디아는 우선 글라우코스의 집으로 갔다. 하지만 그는 친구들을 만나러 가고 없었다.

"주인님은 모처럼 친구들을 만나 한바탕 즐기다 밤늦게나 돌아올 거라고 하셨어요."

하인이 니디아에게 말했다. 니디아는 넓은 응접실 의자에 앉아 발만 동동 굴렀다.

"이러고 앉아 있을 수만은 없어. 아르바케스가 이오네 아가씨에게 무슨 나쁜 짓을 할지 몰라. 아! 이 일을 어떻게 하면 좋을까!"

그때 그녀의 머릿속에 아파에키데스가 이오네의 동생이라는 생각이 퍼뜩 떠올랐다.

"왜 이제야 그 생각이 났을까!"

니디아는 급히 집을 나서 이시스 신전에 있는 아파에키데스를 찾아갔다. 그녀는 글라우코스의 하녀에게 부탁해서 길을 안내하도록 했다. 지팡이만 있으면 폼페이 시내 어디든 찾아가지 못

할 곳이 없었지만 지금은 한시가 급했다.

드디어 이시스 신전에 도착했다. 늦은 시간이라 신전 앞에는 사람들이 거의 없었다.

"니디아, 저 쪽에 흰 옷을 입은 제관님이 한 분 계세요."

하녀가 이렇게 말하며 제관이 있는 쪽으로 니디아를 이끌고 갔다. 제관은 어두운 하늘을 올려다보며 한숨을 내쉬고 있었다.

"제관님, 혹시 아파에키데스 제관님이 어디 계신지 아세요?"

니디아는 다급하게 물었다.

"내가 아파에키데스 제관인데 무슨 일로 나를 찾아오셨죠?"

"오! 그러셨군요."

니디아는 자신을 소개하고 나서, 주위에 다른 제관들이 없는지 확인한 뒤에 이오네 얘기를 꺼냈다.

아파에키데스는 눈을 동그랗게 뜨고 그녀의 얘기를 들었다. 그는 줄곧 죄책감에 시달려 눈이 퀭하고 얼굴이 꺼칠해졌다. 하지만 니디아의 말을 듣는 동안 그의 눈이 불같이 타오르기 시작했다.

"제관님도 아르바케스 씨가 이오네 아가씨와 결혼하는 건 원하지 않으시죠?"

"당연하지. 지금 그걸 말이라고 하는 거야? 이 작자가 나를 죄

악에 빠뜨린 것도 모자라서 이오네까지 차지하려 한단 말이지! 그게 사실이라면 그냥 두고 볼 수 없어."

아파에키데스는 이를 부득부득 갈며 니디아를 앞세우고 따라나섰다. 니디아는 숲속 깊숙한 곳에 있는 아르바케스의 저택으로 걸음을 재촉했다.

한편, 아르바케스의 저택에 들어선 이오네는 아파에키데스가 그랬던 것처럼 알 수 없는 두려움을 느꼈다. 집 안은 온통 어두컴컴해서 동굴 속에 들어와 있는 듯한 착각이 들 정도였다.

아르바케스는 야릇한 미소를 띠며 그녀를 맞이했다.

"어서 오너라, 이오네. 정말 잘 왔다."

"네, 환영해 주셔서 감사합니다."

이오네는 두려운 마음을 애써 숨기고 품위 있게 대답했다. 그녀의 태도에 아르바케스는 몹시 흡족해했다. 그는 이오네를 데리고 집 안 구석구석을 다니며 구경시킨 다음 넓은 응접실로 들어갔다. 아르바케스는 그윽한 눈길로 이오네를 바라보다가 갑자기 그녀의 손을 덥석 잡았다.

이오네는 깜짝 놀라 눈이 휘둥그레졌다.

그때 벽에 걸린 넓은 휘장 뒤쪽에서 묘한 분위기의 음악이 잔잔하게 흘러나왔다. 그리고 아리따운 여인들이 몰려나와 순식간에 잔칫상을 차려 놓고 그 옆에 다소곳이 서서 시중을 들었다. 이오네는 불안에 떨면서 주위를 두리번거리기만 할 뿐 한 마디도 하지 못했다.

"이오네, 그렇게 겁먹을 필요 없어. 이제부터 내가 너의 미래를 보여 줄 거야. 너도 네 미래가 궁금하지?"

아르바케스가 음흉하게 웃으면서 말했다.

이오네는 소름이 오싹 끼쳐서 몸을 바르르 떨었다. 그 순간, 그녀는 글라우코스가 너무나도 보고 싶었다.

아르바케스는 이오네의 대답을 듣지도 않고 그녀를 복도 끝에 있는 작은 방으로 데리고 갔다. 그곳은 운명의 신을 모셔 놓는 신궁이라고 했다.

이오네는 겁에 질린 채 캄캄한 방 한가운데 서 있었다.

"금방 불을 켤 테니 너무 무서워하지 마라."

그의 말이 끝나기 무섭게 희미한 빛이 퍼지면서 방 안이 서서히 밝아지기 시작했다. 방 한쪽 벽에 제단이 꾸며져 있었고, 그 가운데 이시스 여신상이 서 있었다. 여신상 뒤로는 넓은 휘장이 드리워져 있었다.

아르바케스는 제단 앞에 꽃다발을 바치고 나서 이오네 곁으로 다가와 이상한 말을 중얼거렸다. 그러자 제단 뒤의 휘장이 걷히고 넓은 들판과 개울이 나타났다. 이오네는 놀란 눈으로 가만히 지켜보았다. 잠시 후, 들판은 사라지고 화려한 궁전 안이 나타났다. 그곳에 왕과 왕비가 앉는 두 개의 커다란 의자가 놓여 있었다. 이오네가 그중 한쪽 의자에 앉아 있었고, 바로 옆에는 온몸을 검은 천으로 칭칭 감은 남자가 왕관을 들고 서 있었다.

"왕관을 들고 있는 사람이 바로 네 남편이 될 사람이란다."

아르바케스가 이를 드러내고 씨익 웃으면서 말했다.

이오네는 떨리는 마음으로 눈앞에 펼쳐진 환영을 지켜보며 남자의 얼굴을 가리고 있는 검은 천이 벗겨지기를 기다렸다.

아르바케스가 손을 높이 들어 신호를 보내자 남자가 얼굴의 천을 벗었다.

순간, 이오네는 기절할 듯이 놀라 비명을 지르고 말았다. 그 남자는 바로 아르바케스였다.

"이오네, 내 아내가 되는 것이 너의 운명이야."

아르바케스가 이오네의 귀에 대고 속삭였다.

이오네는 부들부들 떨면서 떨리는 목소리로 겨우 말했다.

"아르바케스 씨, 저는 당신을 고마운 분이라고 생각해 왔어요. 당신은 저희 남매의 든든한 후원자였으니까요. 하지만 그건 사랑하는 마음이 아닌데 어떻게 당신과 결혼할 수 있겠어요! 그리고 솔직히 말씀드리면 전 따로 사랑하는 사람이 있어요. 결혼을 한다면 그분과 하고 싶어요.”

이오네는 글라우코스를 생각하며 자신의 뜻을 분명히 밝혔다.

아르바케스는 무척 화가 난 듯 벌떡 일어나서 외쳤다.

“말도 안 돼. 네가 사랑하는 사람이 어디 있어? 난 너에 관한 일이라면 모르는 게 없으니 거짓말할 생각은 그만둬. 너무 갑작스러운 일이라서 네가 좀 놀란 모양인데 아무리 그래도 그런 거짓말을 하면 안 되지.”

그가 무섭게 소리치는 바람에 이오네는 울음을 터뜨렸다.

아르바케스는 다정한 척 굴면서 그녀 곁으로 다가갔다.

그녀는 소스라치게 놀라서 황급히 뒷걸음질쳤다. 그 바람에 품속에 넣어 두었던 글라우코스의 편지가 바닥에 떨어졌다.

아르바케스가 싸늘하게 굳은 표정으로 재빨리 편지를 집어 들고 읽었다.

“흥, 글라우코스로군. 이자가 네 애인이란 말이지? 넌 결국 내 말을 듣지 않았구나. 내가 너를 그자에게 순순히 보내 줄 거라고 생각하진 않겠지? 널 다른 놈한테 빼앗기느니 차라리 널 죽여 버릴 테다.”

아르바케스는 눈을 부라리며 이오네를 향해 한 발 한 발 다가

왔다. 이오네는 얼굴이 새파랗게 질린 채 눈물만 줄줄 흘리고 있었다. 아르바케스는 바로 앞까지 와서 그녀의 팔을 꽉 잡고 벽으로 밀어붙였다. 이오네는 비명을 지르며 달아나려고 했지만 그의 억센 손아귀를 벗어날 수 없었다. 발버둥을 치던 그녀는 결국 정신을 잃고 쓰러졌다.

그때, 아파에키데스와 글라우코스가 커튼을 열어젖히고 뛰어들어왔다. 니디아와 아파에키데스가 시내를 지나다 마침 글라우코스를 만나서 같이 달려온 것이었다.

"나쁜 놈! 당장 물러나지 못해!"

글라우코스가 소리를 꽥 지르며 아르바케스에게 달려들었다. 아르바케스도 짐승처럼 으르렁거리며 글라우코스를 향해 달려왔다. 두 사람은 한데 뒤엉켜 대리석 바닥에서 굴렀다. 옆에서 불안하게 지켜보던 아파에키데스가 들고 있던 단도를 높이 쳐들고 아르바케스에게 달려들었다.

하지만 아르바케스는 슬쩍 피하면서 오히려 아파에키데스의 팔을 비틀어 단도를 빼앗아 들었다. 아르바케스는 바닥에 쓰러져 있는 글라우코스를 노려보며 단도를 치켜들었다.

글라우코스는 눈도 깜짝하지 않고 그를 차갑게 비웃었다.

바로 그 순간, 지진이 일어난 듯 집 전체가 심하게 흔들리기

시작했다. 사방에서 무시무시한 굉음이 울려 퍼졌고, 거센 바람
이 휘몰아쳐 휘장이 찢어질 듯이 펄럭거렸다. 제단도 이리저리
흔들렸으며, 그 바람에 여신상의 머리가 부러졌는데 공교롭게
도 아르바케스의 어깨 위로 툭 떨어졌다.

아르바케스는 외마디 비명과 함께 정신을 잃고 쓰러졌다.

"하늘이 우리 모두를 지켜 주었어."

글라우코스는 비틀거리며 일어나 바닥에 넘어져 있는 아파에
키데스를 잡아 일으켰다. 그러고 나서 이오네를 안고 밖으로 나
갔다.

그새 지진은 언제 그랬냐는 듯이 잠잠해졌다. 하지만 멀리 보
이는 화산 꼭대기에서는 여전히 심상치 않은 연기가 푹푹 뿜어
져 나오고 있었다.

16년 동안이나 조용하던 화산이 다시 꿈틀대는 것이었지만 모
두들 대수롭지 않게 여겼다.

아르바케스의 저택을 빠져나오자 커다란 나무 밑에서 그들을
기다리고 있던 니디아가 울먹이며 다가왔다.

"니디아, 이오네는 무사해. 다 네 덕분이야."

글라우코스는 니디아에게 고마운 마음을 전했다.

그제야 니디아의 입가에 옅은 미소가 번졌다.

율리아의 질투

　며칠이 지났다. 폼페이 거리는 전과 다를 바 없이 많은 사람들로 붐볐다. 그들은 하나같이 자신들의 화려하고 편안한 삶을 지켜 나가는 데만 관심을 쏟았기 때문에 다른 사람들에게는 눈길조차 주지 않았다. 그런데 주피터 신전의 계단 앞에 서서 다른 사람들을 관찰하는 데만 온통 정신을 쏟고 있는 사람이 있었다. 그는 바로 기독교 신자인 올린터스였다.

　올린터스는 주피터 신전에 제물을 바치며 부귀영화를 얻게 해 달라고 비는 사람들을 안타까운 눈으로 바라보고 있었다.

　사람들은 그를 노려보며 저마다 한 마디씩 했다.

　"한심한 기독교인 같으니라고. 저자는 지금 주피터 신전을 저주하고 있어."

"맞아. 네로 황제가 로마 시내에 불을 지른 것도 기독교인들 때문이라더군."

"저자들은 절대로 보석을 몸에 지니지 않는대. 기도를 할 때 제물을 바치지도 않는다네. 다들 정신이 나간 거지. 그럼 신이 뭘 보고 소원을 들어주겠나? 게다가 우리가 즐기면서 사는 것도 다 잘못이라고 하니 도대체 인생을 무슨 재미로 살란 말이야! 저런 자들은 어젯밤 지진이 났을 때 모두 땅에 파묻혀 버렸어야 하는 건데."

대부분의 폼페이 사람들은 기독교인들을 인류의 적이라고 생각했다. 자신들이 믿고 의지하는 모든 신을 부정하고 그리스도만을 유일한 신이라고 외치는 기독교인들은 화려한 삶을 꿈꾸는 폼페이 사람들에게 적이나 다름없었다.

하지만 올린터스는 그들이 하는 말을 묵묵히 들으며 가여운 표정을 짓고 있다가 혼잣말로 중얼거렸다.

"길 잃은 양들이여, 어젯밤의 지진이 무엇을 뜻하는지 아직도 모른단 말인가! 최후의 날이 멀지 않았는데 그대들은 왜 그렇게 어리석은 생각만 하고 있는가!"

그 말을 들은 사람들은 올린터스가 자신들에게 무서운 저주를 내리는 것이라며 마구 욕설을 퍼부었다.

그때 아파에키데스가 파리한 얼굴로 다가왔다. 그는 이제 이시스 신앙을 마음에서 완전히 버리고 기독교에 대해 공부하기로 결심을 굳히고 있었다.

"오! 아파에키데스! 자네에게 주의 평화가 함께하기를……."

"나에게 평화가……!"

아파에키데스는 감격스러운 얼굴로 중얼거렸다. 이오네의 일과 이시스 신앙에 대한 실망감으로 몹시 지쳐 있던 그에게 올린터스의 한 마디는 촉촉한 영혼의 단비가 되어 내렸다.

올린터스는 감격에 차서 눈물을 글썽거리고 있는 아파에키데스를 데리고 사람들의 눈을 피해 사르너스 강가로 갔다. 그곳에서 두 사람은 많은 얘기를 나누었다. 올린터스는 기독교가 추구하는 참된 진리에 대해 자세히 얘기했다.

또 아파에키데스는 진실한 종교인이 되고 싶다는 꿈을 품고 있다가 아르바케스에게 속아 거짓된 신앙을 좇았던 자신의 어리석음과 그로 인해 겪은 괴로움을 솔직하게 털어놓았다.

오랜 시간 얘기를 나누는 동안 아파에키데스는 기독교가 자신이 이제껏 꿈꾸어 왔던 참된 신앙이라는 믿음을 얻었다. 그는 얼마 전까지도 캄캄했던 눈앞이 환하게 밝아진 듯한 기쁨에 차서 말했다.

"올린터스 님, 제가 기독교에 대해 제대로 공부할 수 있도록 이끌어 주십시오."

"정말 잘 생각했네. 지금 당장 우리가 예배를 드리는 교회당으로 함께 가세."

올린터스는 기쁨을 감추지 못하고 아파에키데스의 손을 힘주어 잡았다.

교회당에 가서 소박하고 화기애애한 분위기 속에 기도를 올리는 사람들을 만나자 아파에키데스는 기독교에 더욱 마음이 끌렸다. 그는 사람들이 자신을 기독교인이라고 손가락질하는 것도 두렵지 않다고 생각했다. 참된 진리를 얻었다는 기쁨으로 그는 어린아이처럼 행복해했다.

그는 기쁜 마음을 안고 곧바로 이오네를 찾아갔다. 아르바케스의 저택에서 함께 나온 이후 처음 갖는 만남이었다. 하지만 반갑게 달려 나온 이오네는, 그가 기독교인이 되었다는 얘기를 꺼내자 놀라서 입을 다물지 못했다.

"아파에키데스, 넌 지금 뭔가 잘못 생각하고 있는 거야. 나는 신앙에 관해 잘 알지는 못하지만 기독교가 내세우는 진리가 옳다는 생각은 하지 않아. 많은 사람들이 손가락질하는 기독교인

이 되겠다니 네가 정말 제정신인지 모르겠구나."

"오, 주여!"

아파에키데스는 분노에 찬 얼굴로 발을 쾅 구르며 자리에서 벌떡 일어났다.

"누님, 이제 그만 가 봐야겠어요. 어렸을 땐 우리가 같은 생각을 하면서 산다고 생각했는데 이젠 아닌 것 같군요. 언제 다시 만나게 될지 모르겠지만 부디 건강하게 잘 지내세요."

그는 말을 마치자마자 뒤도 돌아보지 않고 나가 버렸다.

이오네는 그런 그의 뒷모습을 물끄러미 바라보았다.

잠시 후 이오네의 집에 온 글라우코스는 아파에키데스의 얘기를 전해 듣고 그녀와 마찬가지로 걱정스러운 표정을 지었다. 글라우코스도 아파에키데스를 도무지 이해할 수 없었다. 그는 오래전 아테네에 있을 때 아주 지혜롭고 인자해 보이는 기독교인이 많은 사람들을 모아 놓고 설교하는 것을 본 적이 있었다. 그때 많은 사람들이 깊은 감동을 받은 것 같았다. 하지만 그는 설교를 하는 기독교인이 무척 위엄 있어 보인다는 생각을 하면서 지나쳤을 뿐 더 이상의 관심은 갖지 않았다.

"이오네, 우울한 기분은 그만 털어 버리고 나와 같이 뱃놀이나 갈까요?"

글라우코스가 일부러 경쾌한 목소리로 물었다.

이오네는 미소를 살짝 머금고 조용히 고개를 끄덕였다.

두 사람은 니디아를 데리고 강가로 나갔다.

니디아는 두 사람이 배를 타고 나가 즐거운 시간을 보내는 동안 강가에 남아서 기다렸다. 이오네는 금세 아파에키데스의 일을 모두 잊은 듯 큰 소리로 웃으며 즐거워했다. 글라우코스도 그녀의 모습을 보며 기뻐했다. 하지만 두 사람의 웃음소리가 커질수록 니디아의 얼굴은 어두워졌다. 그녀는 두 사람의 행복을 빌면서도 마음 한쪽에서 솟아나는 슬픔을 감추지 못했다.

"아! 글라우코스 님!"

니디아는 마음 깊숙한 곳에 자리잡고 있는 글라우코스의 이름을 가만히 불러 보았다.

그때 마침 율리아가 하녀들을 거느리고 그곳을 지나다 니디아를 발견하고 다가왔다.

"어머, 꽃 파는 니디아로구나. 난 디오메드의 딸 율리아야. 기억하니?"

"그럼요, 아가씨."

니디아는 상냥하게 대꾸했다.

"그런데 여기서 혼자 뭘 하고 있니?"

"네, 이오네 아가씨와 글라우코스 님이 뱃놀이를 나가셔서 기다리는 중이에요."

그 말에 율리아는 눈이 휘둥그레져서 재빨리 강을 살폈다. 아주 멀리 나간 배는 작은 점처럼 보였다. 율리아는 질투심으로 순식간에 얼굴이 벌겋게 달아올랐다. 그녀는 여전히 글라우코스를 마음에 품고 언젠가 그의 마음을 사로잡으리라 마음먹고 있었다. 그러던 차에 이오네에게 그를 빼앗겼다는 생각이 들자 화가 나서 견딜 수가 없었다.

"니디아, 두 사람이 그렇게 가까운 사이니?"

율리아는 애써 차분한 목소리로 물었다.

"네, 두 분은 곧 결혼하게 될 거예요."

니디아는 슬픔에 잠긴 얼굴을 끄덕이면서 힘없이 대답했다.

율리아는 자기도 모르게 숨을 멈추었다.

'안 돼. 결혼이라니. 절대 안 돼.'

그녀는 어쩔 줄 몰라 하면서 마음속으로 계속 소리쳤다. 그녀는 어떻게든 글라우코스의 마음을 자신에게 돌려놓고 싶었다. 아버지가 가진 많은 재산을 다 쏟아부어서라도 글라우코스를 얻고 싶었다.

율리아는 니디아가 눈치채지 못하도록 흥분을 가라앉히고 말했다.

"니디아, 넌 테살리아 출신이라고 했지? 테살리아는 신통한 주술사들이 많기로 유명한 곳이니 너도 마술 주문이나 점치는 법에 관해서 좀 알고 있지 않니?"

"아니에요, 아가씨. 전 잘 몰라요. 그런데 그런 건 왜 물어보시는 건가요?"

니디아는 고개를 흔들며 조심스럽게 물었다.

"사실은 내가 어떤 남자를 사랑하고 있는데 그는 다른 여자를 사랑한다지 뭐야! 그 남자의 마음을 나에게 돌려놓을 방법이 없을까 하고 궁금해서 물어본 거란다. 네가 그 방법을 알고 있다면 내가 너를 자유의 몸으로 만들어 줄 수 있을 만큼 많은 돈을 주었을 텐데, 아쉽구나."

율리아의 말을 들은 니디아는 그녀가 사랑한다는 남자가 글라우코스라는 것을 금방 알아차렸다. 니디아는 눈이 보이지 않는 대신 다른 사람보다 뛰어난 감각을 가지고 있었기 때문에 직감적으로 율리아의 마음을 읽어 냈다.

하지만 그녀는 아무것도 모르는 척했다.

율리아는 니디아의 눈치를 살피다가 다시 입을 열었다.

"니디아, 너도 이집트에서 왔다는 신통한 마술사를 알지? 그 사람한테 가서 물어보면 방법을 알려 주지 않을까?"

"아르바케스 씨를 찾아가겠다는 말씀이세요? 아가씨는 잘 모르시겠지만 그분은 아주 무서운 사람이에요. 그 사람이 사는 곳엔 될 수 있으면 가지 않는 게 좋아요. 특히 한밤중에 열리는 연회는 너무 음탕해서 소름이 끼칠 정도예요."

니디아는 깜짝 놀라서 다급하게 말했다.

"그게 어째서 무섭다는 거야? 난 오히려 재미있을 것 같은데!"

율리아는 아무렇지도 않게 말했다.

"하긴 낮에 찾아가면 괜찮을 거예요."

니디아도 한풀 꺾인 목소리로 대꾸했다. 율리아라면 워낙 당차고 야무진데다 아버지인 디오메드가 든든하게 버티고 있으니 괜찮을 것 같기도 했다.

"지금 당장 가 봐야겠어. 나 먼저 갈게. 안녕."

율리아는 작별 인사를 하고 황급히 자리를 떠났다.

니디아는 우두커니 서서 점점 멀어지는 율리아의 발소리에 귀를 기울였다. 그녀는 율리아가 아르바케스에게서 어떤 해답을 얻어 올지 몹시 궁금했다.

마녀가 준 사랑의 묘약

아르바케스는 여신상의 머리가 떨어졌을 때 큰 상처를 입고 치료를 하느라 줄곧 집 안에만 머물고 있었다. 그는 침대에 누워서도 글라우코스와 이오네를 생각하며 이를 바득바득 갈았다. 그러던 차에 율리아가 찾아왔다. 아르바케스는 침대에 누운 채로 그녀를 맞았다.

"제가 몸이 좋지 않아 이렇게 누워서 손님을 맞이하니 너무 언짢게 생각하지 마십시오."

"아니에요, 아르바케스 씨. 그런 걱정은 하지 마세요. 전 당신에게 도움을 청하려고 찾아왔어요."

율리아는 아르바케스에게 깍듯이 인사하고 나서 말했다.

아르바케스는 호기심 어린 눈빛으로 그녀를 바라보았다.

"오, 아르바케스 씨! 당신의 높은 명성은 일찍이 들어 왔어요. 당신이 가진 높은 학문과 신통한 마력으로 저를 좀 도와주셨으면 해요."

"아름다운 아가씨가 저를 칭찬하시니 부끄럽군요. 대체 무슨 어려움을 겪고 계시기에 저 같은 사람한테 도움을 청하시는 건가요?"

아르바케스는 어깨를 으쓱하며 물었다. 그는 아름다운 율리아에게 마음이 끌려서 어떻게든 도와주고 싶었다.

율리아는 얼굴을 붉히며 잠깐 머뭇거리다 말했다.

"제가 좋아하는 사람이 다른 여자와 사랑에 빠져서 곧 결혼을 한답니다. 전 지금이라도 그 사람의 마음을 돌리고 싶어요. 당신이 마법의 힘으로 그 사람의 마음을 저에게 돌릴 사랑의 묘약을 좀 만들어 주셨으면 해요."

"아니 그 사람이 정말 당신처럼 아름다운 아가씨를 두고 다른 여자와 사랑에 빠졌단 말인가요? 그 멍청한 사람이 누군지 물어봐도 될까요?"

아르비케스가 눈을 동그랗게 뜨고 묻자 율리아는 수줍은 듯 고개를 살짝 돌리고 대답했다.

"그분은 아테네에서 온 글라우코스 씨예요."

"글라우코스라고요?"

아르바케스는 깜짝 놀라서 자기도 모르게 큰 소리로 외쳤다. 그의 얼굴에선 순식간에 핏기가 걷혔다. 짧은 시간 동안 그의 머릿속에 많은 생각들이 스치고 지나갔다. 그는 율리아를 이용해서 글라우코스에게 복수해야겠다고 생각했다.

"내가 아가씨를 도와주겠소. 솔직히 말하면 나는 당신이 말한 사랑의 묘약을 만드는 방법은 모른다오. 하지만 베수비오산 기슭에 사는 마녀는 얼마든지 그 약을 만들 수 있지요. 그 마녀는 나를 두려워하기 때문에 내가 얘기하면 틀림없이 사랑의 묘약을 만들어 줄 거요."

"어머나, 정말 고마워요. 두 사람이 곧 결혼 날짜를 잡는다고 하니 서둘러 주시면 고맙겠어요."

율리아는 기쁨에 차서 활짝 웃으며 말했다.

"걱정 마세요. 내일 당장 마녀를 찾아가서 부탁할 테니까."

아르바케스의 확신에 찬 대답을 들은 율리아는 한결 밝아진 얼굴로 돌아갔다.

아르바케스의 얼굴에도 야릇한 웃음이 번졌다. 그는 이번 기회에 이오네 곁에서 글라우코스를 완전히 떼어 놓기로 마음먹었다.

"마녀한테 가서 글라우코스 그놈을 미치광이로 만들 약을 만들어 달라고 해서 율리아에게 주는 거야. 그럼 율리아는 그게 사랑의 묘약인 줄 알고 그놈에게 먹이겠지! 손 하나 까딱하지 않고 복수를 하게 되다니. 역시 신은 내 편이야."

그는 벌써 복수를 하는 데 성공한 것처럼 활짝 웃었다. 아직 몸이 다 회복되지 않았지만 절호의 기회를 놓칠 수는 없었다. 그는 하인을 불러 다음 날 베수비오산으로 떠날 채비를 하라고 일러 두고 일찌감치 잠자리에 들었다.

이튿날, 글라우코스와 이오네는 아무것도 모른 채 마차를 타고 시내에서 멀리 떨어진 숲속으로 소풍을 나갔다. 그곳은 마녀가 살고 있는 베수비오산 근처였다. 두 사람은 오래된 그리스풍 신전을 구경하고 나서 한적한 산속의 상쾌한 공기를 마시며 즐거운 시간을 보냈다.

그런데 오후 무렵, 갑자기 하늘이 시커멓게 변하면서 비바람이 몰아치기 시작했다. 숲 한가운데 있던 두 사람이 미처 비를 피할 새도 없이 굵은 빗방울이 후둑후둑 떨어지고 번개가 번쩍거렸다.

"이오네, 찾아보면 몸을 피할 만한 곳이 있을 거예요. 어서 이

쪽으로 올라가 봅시다."

글라우코스는 이오네의 손을 잡고 급히 산속으로 들어갔다. 길이 험해서 마차도 올라갈 수 없었기 때문에 무작정 걷는 수밖에 없었다. 이오네는 몹시 힘겨워하면서 그를 따랐다. 어둑어둑한 산길을 걸어서 얼마쯤 들어갔을 때 멀리에서 불빛이 보였다.

"저기 사람이 있나 봐요."

두 사람은 한달음에 불빛이 새어 나오는 곳으로 달려갔다. 그곳은 커다란 동굴이었다. 조심조심 동굴 속으로 들어가자 불빛 아래 얼굴이 흉측하게 생긴 마녀가 앉아 있었다.

이오네는 마녀를 보고 깜짝 놀라 얼굴빛이 새하얗게 변했다. 마녀의 날카로운 눈과 파리하게 마른 입술, 움푹 내려앉은 턱, 푸석푸석한 잿빛 머리카락, 창백하고 거친 피부는 글라우코스가 보기에도 소름이 끼칠 만큼 무서웠다.

"저……. 할머니, 죄송하지만 이곳에서 잠시 비를 좀 피하다가도 될까요?"

글라우코스는 용기를 내어 조심스럽게 말했다.

"흥, 여우나 부엉이나 두꺼비, 그것도 아니면 독사가 찾아들었으면 좋았을걸. 난 사람들이 이곳에 오는 건 별로 달갑지 않아. 그래도 이왕 들어왔으니 이쪽에 와서 불이나 쬐다 가."

마녀는 퉁명스럽게 말했다.

두 사람은 천천히 마녀 곁으로 가서 불을 쬐었다.

그때 커다란 뱀 한 마리가 이오네에게 스르르 기어왔다.

이오네가 놀라서 비명을 질렀다. 글라우코스는 재빨리 옆에
세워져 있던 지팡이를 들어서 뱀을 후려쳤다. 지팡이에 맞은 뱀
은 펄쩍거리다 불 속에 떨어져 버둥거리며 죽어 갔다. 모든 것
이 너무나도 순식간에 일어난 일이었다.

"감히 내 소중한 뱀을 죽이다니! 내가 친절을 베풀어서 불까지
쬐게 해 주었는데 은혜를 원수로 갚아? 너희들은 이제 내 저주
를 받게 될 것이다. 이 자리에서 죽여 없애기 전에 당장 나가!"

마녀는 불같이 화를 내며 고래고래 소리쳤다. 두 사람은 어안
이 벙벙하여 서로를 멀뚱멀뚱 쳐다보았다.

마녀는 지팡이를 마구 휘두르면서 두 사람을 내쫓았다.

글라우코스는 이오네를 데리고 급히 동굴 밖으로 도망쳐 나왔
다. 그새 비는 멎어 있었다.

"글라우코스, 마녀가 우리에게 정말 저주를 내릴까요?"

산길을 내려오면서 이오네는 겁에 질린 얼굴로 물었다.

"화가 나서 그냥 한번 해 본 소리일 테니 너무 걱정하지 마세
요, 이오네."

글라우코스는 이오네를 위로하려고 다정하게 말했다. 하지만 그녀의 얼굴은 여전히 어두웠다.

두 사람이 산길을 거의 다 내려왔을 때 아르바케스를 태운 마차가 그들의 곁을 지나 산 위로 올라갔다. 아르바케스는 곧장 마녀가 사는 동굴로 가서 미치광이가 되는 약을 만들어 달라고 했다. 마녀는 사랑하는 뱀이 죽어서 기분이 무척 상해 있었지만 아르바케스의 명령을 거역할 수 없어서 서둘러 약을 만들어 주었다.

아르바케스는 산에서 돌아오는 길에 율리아를 만나 약을 전해 주었다.

"이 약을 먹이면 글라우코스가 금방 자기 눈앞에 있는 당신을 사랑하게 될 거요."

"아, 고마워요. 내일 저녁때 저희 집에서 연회가 있는데 그분도 올 거예요. 그때 이 약을 먹여야겠어요."

율리아는 약병을 받아 들고 기뻐했다.

아르바케스는 그녀를 보고 싸늘하게 웃으며 돌아서 갔다.

다음 날 오후, 니디아는 율리아를 찾아갔다. 그녀는 율리아가 아르바케스를 찾아가서 어떤 도움을 얻었는지 궁금해서 더 이상 기다릴 수가 없었다. 글라우코스에 관한 일이었기 때문에 니디아는 더더욱 가만히 있지 못했다.

　그녀가 들어서자 율리아는 묻기도 전에 아르
바케스가 주고 간 약병을 내보이며 말했다.

　"니디아, 역시 아르바케스 씨를 찾아
가길 잘했어. 그분이 사랑의 묘약을
구해 주셨단다. 이 약만 먹이면 글라

우코스 씨가 나를 사랑하게 된다는구나. 아이, 좋아. 빨리 내일이 돼서 그분에게 이 약을 먹이고 싶어."

"잘됐네요, 아가씨. 소원을 이루셨군요."

니디아가 기운 없는 목소리로 말했다.

그때 마침 하녀가 들어와서 아버지 디오메드가 부른다며 율리아를 데리고 나갔다.

"니디아, 금방 다녀올 테니 여기서 기다리고 있어."

율리아는 니디아를 향해 말하면서 밖으로 나갔다.

방에 혼자 남겨진 니디아는 생각에 잠겼다.

'아! 율리아 아가씨 대신 내가 글라우코스 님의 사랑을 얻을 수 있다면 얼마나 좋을까!'

그 생각에 너무 간절히 매달린 나머지 니디아는 엉뚱한 마음을 먹었다. 사랑의 묘약을 훔쳐서 자신이 직접 글라우코스에게 먹이기로 한 것이었다. 그녀는 방을 더듬어서 화장대 앞에 놓인 약병을 찾아 냈다. 그리고 약을 다른 병에 모두 옮겨 담은 다음 원래의 약병에는 물을 채워 넣고 황급히 밖으로 나갔다.

심장이 쿵쾅거려서 마구 허둥대면서도 알 수 없는 행복감이 몰려와서 발걸음은 나는 듯 가벼웠다.

한밤중의 살인 사건

기독교에 깊이 빠져든 아파에키데스는 올린터스와 은밀히 만나서 한 가지 일을 꾸몄다. 며칠 후, 이시스 신전에서 신탁이 있을 때 아파에키데스가 앞에 달려 나가서 사람들에게 기독교의 진리를 알리는 것이었다.

"아파에키데스, 그 일을 하는 데는 이시스의 제관이었던 자네가 제격이야. 그날 자네는 제단으로 올라가서 사람들에게 이시스 신앙이 속임수라는 것을 알려야 해. 그리고 나서 주님의 가르침을 전하는 거야. 사람들이 자네를 해치려고 할지도 모르지만 주님이 지켜 주실 테니 아무 걱정하지 말게. 혹시라도 두려워서 내키지 않는다면 억지로 나설 필요는 없네."

강가에서 올린터스가 아파에키데스의 손을 꽉 잡고 말했다.

"두렵다니요. 이제야 제가 해야 할 일을 찾은 것 같아서 기쁘기만 한걸요."

아파에키데스는 자신의 믿음을 사람들 앞에서 증명할 기회가 왔다는 것이 기뻐서 활짝 웃어 보였다. 두 사람은 좀더 구체적인 계획을 의논하다가 다음 날 밤에 치벨레 숲에서 다시 만나기로 약속하고 헤어졌다.

잠시 후, 두 사람이 떠난 자리에 어두운 그림자 하나가 나타났다. 그는 바로 이시스 신전의 제관 칼레누스였다. 칼레누스는 음흉한 웃음을 지으면서 중얼거렸다.

"흥. 아파에키데스 놈의 뒤를 밟기를 잘했어. 놈이 좀 수상하긴 했지만 저런 일까지 꾸밀 줄은 감쪽같이 몰랐지 뭐야. 큰일이 벌어지기 전에 내가 알아 내서 정말 다행이야. 저놈이 또 무슨 일을 더 꾸미는지 모르니 계속 따라다녀 봐야겠어."

칼레누스는 발소리를 죽이며 아파에키데스가 간 쪽으로 황급히 따라갔다.

이튿날, 디오메드의 집에서는 성대한 연회가 열렸다. 율리아는 포도주 잔에 약을 타서 글라우코스에게 건넸다. 하지만 그는 포도주를 모두 마시고도 아무런 변화를 보이지 않았다. 율리아는 애를 태우며 기다리다 그가 아무 말도 하지 않자 화가 나서 방으로 들어가 문을 쾅 닫아 버렸다.

비슷한 시간, 니디아는 글라우코스의 집에서 가슴을 졸이며 그가 돌아오기만을 기다리고 있었다.

얼마 후, 약한 술 냄새를 풍기며 들어온 글라우코스는 니디아를 발견하고 상냥하게 말했다.

"오, 니디아! 시간이 많이 늦었는데 나를 기다리고 있었니?"

그는 율리아가 준 가짜 약을 먹었기 때문에 아무것도 달라지지 않은 상태였다.

"아니에요, 글라우코스 님. 낮에 정원을 손질하고 좀 피곤해서 쉬는 중이었어요."

"그랬구나."

글라우코스는 다정하게 말하고는 밖으로 나가려고 문 앞으로 다가갔다.

"어딜 가시려고 그러세요?"

니디아가 조심스럽게 물었다.

글라우코스는 웃으면서 대답했다.

"술을 좀 마셨더니 목이 타는구나. 물을 좀 마시고 올게."

"그럼 그냥 여기 계세요. 제가 물을 가져다 드릴게요."

"그래 주겠니? 정말 고맙구나."

니디아는 사랑의 묘약이 든 약병을 품속에 숨기고 밖으로 나갔다. 그녀는 다리가 후들거려서 간신히 걸음을 옮겼다. 다행히 글라우코스는 아무런 눈치도 채지 못한 듯했다.

니디아는 잔에다 물과 약을 함께 넣어서 조심스럽게 들고 다시 방으로 올라갔다. 손이 떨려서 하마터면 잔을 엎을 뻔했지만 마음을 가다듬고 겨우 방까지 갔다. 글라우코스는 잔을 받아 들고 니디아를 돌아보며 물었다.

"니디아, 어디 아프니? 얼굴색이 좋지 않구나."

갑작스러운 질문에 니디아는 깜짝 놀라서 얼굴이 새파랗게 질렸다.

"아, 아니에요. 아무렇지도 않아요."

니디아는 뻣뻣하게 굳은 얼굴에 애써 웃음을 지어 보였다. 글라우코스는 아무런 의심도 없이 물을 마셨다.

그런데 한 모금을 마시고는 머리가 핑 도는 것 같아 잔을 내려놓았다. 그는 갑자기 몸이 붕 떠오르는 듯한 느낌에 얼떨떨한 표정을 지었다. 하지만 그것도 잠시뿐이었다.

그는 순식간에 색다른 기쁨에 빠져서 미친 듯이 웃어 대기 시작했다. 미치광이가 되어 가는 약이 효력을 발휘한 것이었다.

글라우코스는 계속해서 큰 소리로 웃으며 손뼉을 치고, 덩실덩실 춤을 추면서 집 안을 돌아다녔다. 그러다가는 온몸의 피가 머리로 한꺼번에 몰리는 것 같아 머리를 움켜쥐고 소리를 꽥꽥 질러 댔다. 그의 눈에는 벽에 걸린 그림 속의 사람들도 모두 살아 움직이는 것처럼 보였다.

"유령이다. 히힛, 유령이야."

글라우코스는 그림에 붙어 서서 펄쩍펄쩍 뛰며 소리쳤다. 그가 달콤한 사랑 고백을 해 올 거라 생각하며 떨리는 마음으로 기다리던 니디아는 심상치 않은 분위기를 느끼고 몹시 당황했다. 니디아는 아무것도 볼 수 없었기 때문에 잘 알지는 못했지만 뭔가 잘못된 게 분명하다고 생각했다. 이따금 들리는 글라우코스의 목소리는 전혀 딴사람 같았다.

그녀는 겁에 질려서 허둥대다가 글라우코스 곁으로 다가가 그의 옷자락을 잡고 울음을 터뜨렸다.

"글라우코스 님, 왜 그러세요? 도대체 무슨 일이 벌어진 거예요? 흑흑."

"염소를 타고 있는 늙은 신이여, 어서 이리로 와라! 아, 당신은 솜털처럼 보들보들하군그래. 하지만 이 술은 너무 독하단 말이야. 아아, 저기 나무들이 춤을 추는구나. 그래도 태양빛을 피

할 수는 없을걸. 앗, 저기 날아가는 건 요정이로구나. 어서 날아
가라. 어서, 어서."

글라우코스는 알아듣지도 못할 말을 마구 지껄여 댔다. 니디
아는 기가 막혔다.

"글라우코스 님, 저예요. 저를 모르시겠어요? 제발 저를 사랑
한다고 말씀해 주세요. 그 약만 먹이면 저를 사랑하게 될 거라
고 믿었는데 왜 이상한 말씀만 하시는 거예요?"

니디아는 글라우코스의 옷자락을 잡고 울부짖었다.

그러자 그가 입을 다물고 그녀의 부드러운 머리를 쓸어내렸
다. 그러고는 뭔가 생각하는 듯 고개를 갸웃거리다 말고 더듬거
리는 소리로 외쳤다.

"오오, 아, 아름다운 이, 이오네여! 당신은 왜 나를 사랑하지
않는 거요? 아, 아르바케스, 이 나쁜 놈. 당장 꺼져라. 내가 너
에게 저주를 내릴 것이다. 오, 이오네! 당신은 어디로 갔나요?
그놈들이 당신을 끌고 갔구려. 잠깐만 기다려요. 내가 당신을
구하러 가겠소."

글라우코스는 이렇게 소리치며 니디아가 미처 붙잡을 새도 없
이 단숨에 밖으로 달려 나갔다. 그는 술취한 사람처럼 이리저리
휘청거리며 고래고래 소리를 지르다가 어두운 길거리로 나갔

다. 지나가던 사람들이 얼굴을 찡그리며 그에게 길을 비켜 주었다. 모두들 글라우코스를 폼페이 거리에서 흔히 볼 수 있는 술주정꾼이라고 생각했기 때문에 대수롭지 않게 지나쳤다.

글라우코스는 비틀거리는 걸음걸이로 줄곧 내달려서 한적한 교외의 치벨레 숲까지 갔다.

숲 한쪽에서는 아파에키데스가 올린터스를 만나러 가기 위해 걸음을 재촉하고 있었다. 그때 맞은편에서는 아르바케스가 부지런히 걸음을 옮기고 있었다. 그는 율리아가 연회에서 글라우코스에게 약을 먹였는지 궁금해하다가 직접 가 보기로 하고 급히 가던 참이었다.

두 사람은 숲길 한가운데서 딱 마주쳤다. 아파에키데스는 아르바케스를 보고 움찔했지만 당당하게 마주 섰다.

"아파에키데스, 잘 만났어. 자네 생각이 어떤지 모르겠지만 난 자네를 아직까지 내 제자로 생각하고 있네."

아르바케스는 착 가라앉은 목소리로 말했다.

"흥! 비열한 악당 같으니라고! 당신이 그토록 숭배하는 이시스 여신상에 맞고도 아직 정신을 못 차린 모양이군. 용케 살아난 걸 보니 당신도 꽤나 운이 좋군. 하지만 머지않아 그 운도 다할 테니 헛소리는 그만 집어치워. 난 더 이상 당신의 속임수에 넘어가지 않아."

아파에키데스는 코웃음을 치면서 매섭게 쏘아붙였다.

아르바케스는 당황한 듯 급히 주위를 살폈다.

"쉿, 조용조용 얘기하게. 누가 듣기라도 하면 어쩌려고그래? 자네는 폼페이 사람들이 나를 얼마나 존경하고 따르는지 잘 알고 있지 않은가!"

"닥쳐! 존경한다고? 당신은 야비한 범죄자에 사기꾼일 뿐이야. 난 이제 당신을 겁내지 않아. 다음번 신탁이 있을 때 난 모든 사람들 앞에서 당신이 어떤 속임수를 썼는지 낱낱이 밝힐 거야. 그럼 당신은 사람들에게 돌팔매질을 당하고, 당신의 우상인 이시스 여신은 한낱 웃음거리가 되고 말걸. 그때가 멀지 않았으니 단단히 각오하는 게 좋을 거야."

그 말에 아르바케스의 얼굴이 새파랗게 질렸다. 그는 다시 한번 주위를 두리번거리고 나서 아파에키데스를 죽일 듯이 노려보았다. 하지만 아파에키데스는 조금도 겁내지 않았다. 그의 마음속에 새롭게 자리잡은 기독교가 그에게 용기를 불어넣어 주었기 때문이었다.

아르바케스의 눈빛이 심하게 흔들리자 아파에키데스는 더욱 대담하게 말했다.

"너의 거짓된 사기극이 곧 최후를 맞게 된다는 걸 똑똑히 알겠지? 이 간악한 사기꾼아, 심판을 받는 그날까지 벌벌 떨면서 기다리게 되겠구나. 그 모든 것이 너의 죗값이니 달게 받도록 해."

아파에키데스는 말을 마치자마자 홱 돌아서서 걸어갔다.

아르바케스는 주먹을 움켜쥐고 부들부들 떨면서 서 있었다. 그러다 품속에 늘 넣고 다니는 단도를 꺼내 들고 아파에키데스에게 달려가 그대로 그의 등에 내리꽂았다.

아파에키데스는 짧은 신음과 함께 바닥에 푹 고꾸라졌다.

"한심한 놈! 너 같은 놈은 죽어야 해."

아르바케스가 소리쳤다.

아파에키데스는 몸을 바르르 떨다가 숨이 끊어지고 말았다.

아르바케스는 단도에 묻은 피를 닦고 주위를 두리번거리며 서둘러 그곳을 떠나려고 했다. 바로 그때 길 끝에서 술주정꾼처럼 보이는 남자가 고래고래 소리를 지르며 달려왔다. 달빛이 환하게 비쳐서 술주정꾼의 얼굴이 훤히 드러났다.

"아, 글라우코스! 네놈이 그 약을 먹은 게 분명하구나."

아르바케스는 소리 없이 웃으면서 중얼거렸다.

그 순간, 그의 머릿속에서 기가 막힌 생각이 떠올랐다.

"역시 운명의 신은 내 편이야."

그는 나무 뒤에 몸을 숨기고 글라우코스가 다가올 때까지 기다렸다. 바로 앞까지 달려온 글라우코스는 아파에키데스의 시신을 발견하고 우뚝 멈춰 서더니 큰 소리로 웃으면서 소리쳤다.

"이봐, 엔디미온! 이런 데서 잠이 들었단 말이야? 이제 그만 일어나시지!"

글라우코스는 손으로 시신을 툭툭 치면서 계속 낄낄대고 웃었다. 아르바케스는 그때를 놓치지 않고 재빨리 달려 나와 글라우코스를 아파에키데스의 시신 위로 쓰러뜨렸다. 그리고 나서 숲이 쩌렁쩌렁 울리도록 외쳤다.

"여보시오! 누구 없소? 여기 사람이 죽었어요. 살인 사건이 났단 말이오, 살인 사건!"

그는 글라우코스가 움직이지 못하도록 발로 누르고 서서 한참 동안 소리쳤다. 글라우코스는 여전히 눈이 반쯤 풀려 웅얼대며 알 수 없는 말을 지껄이고 있었다.

얼마 지나지 않아 사람들이 하나 둘 몰려들기 시작했다. 멀지 않은 곳에 있는 이시스 신전에 모여 있던 사람들까지 우르르 몰려와서 숲길은 순식간에 가득 찼다.

"이자가 사람을 죽였소. 내가 우연히 이곳을 지나가다 싸우는 소리가 들려서 보니 이자가 칼로 사람을 찌르지 뭐요. 범인이

현장에서 잡혔으니 빨리 끌고 갑시다."

아르바케스는 천연덕스럽게 거짓말을 늘어놓았다. 사람들은 아무런 의심도 없이 그의 말을 믿었다.

하지만 단 한 사람만은 진실을 알고 있었다. 그 사람은 바로 칼레누스였다. 그는 커다란 바위 뒤에 숨어서 그 모든 장면을 처음부터 끝까지 지켜보았다. 줄곧 아파에키데스의 뒤를 밟고 있던 칼레누스가 뜻밖의 살인 사건을 목격하게 된 것이었다. 그는 바위 뒤에서 나오지 않고 달빛에 비친 사람들의 모습을 찬찬히 훑어보았다.

지하실에 갇힌 니디아

사람들은 글라우코스를 잡아 일으켰다. 그는 여전히 정신을 못 차리고 낄낄대며 웃기만 했다. 그를 알아본 사람들은 그가 살인을 저질렀다는 것을 믿을 수 없다는 표정을 지었다. 하시만 다른 사람들은 경기장에서 맹수와 맞붙게 할 죄수가 생겼다며 좋아했다.

"한동안 죄수가 없어서 재미난 구경을 못 했는데 이제야 좋은 구경거리가 생겼군."

누군가 큰 소리로 말하자 몇몇 사람들이 맞장구를 쳤다.

그때 올린터스가 사람들을 헤치고 앞으로 달려 나왔다. 그는 아파에키데스가 죽은 것을 보고 너무 놀라서 아무 말도 하지 못했다.

"오! 형제여! 이게 어찌 된 일인가! 자네가 죽다니. 이건 분명 우리의 신성한 계획을 눈치챈 아르바케스의 짓일 테지."

올린터스가 고개를 홱 돌려 노려보는 바람에 아르바케스는 깜짝 놀랐다. 하지만 그는 이내 분하다는 듯 몸을 부르르 떨며 소리쳤다.

"흥, 지금 나한테 살인죄를 덮어씌우려는 건가? 기독교인인 자네가 우리 이시스 신앙을 비난하는 건 일찍이 알고 있었지만 아무리 그래도 그런 억지를 부리면 안 되지!"

그 말에 사람들이 여기저기서 웅성거리기 시작했다. 그들은 모두 기독교인들을 마귀처럼 여겨 미워하고 있었다.

"저놈도 감옥에 끌고 가서 맹수의 밥이 되게 합시다."

"그래요. 이번 기회에 불경스러운 기독교인에게 단단히 맛을 보여 줍시다."

사람들은 우르르 달려들어 올린터스를 붙잡으려고 했다.

그러자 올린터스는 조금 떨어진 곳에 있는 이시스 신전으로 달려 올라갔다.

"당신들은 지금 눈이 멀었소. 당신들이 믿는 신은 거짓 우상일 뿐이란 사실을 왜 모르는 거요. 자, 이제 내가 당신들을 위해 거짓 우상을 없애 줄 테니 다들 보시오."

올린터스는 도시 전체가 들썩거릴 만큼 큰 소리로 외치고는 막대기를 들어 이시스 여신상을 힘껏 쳐서 깨뜨렸다.

성난 사람들은 소리를 지르며 달려와 그를 마구 때렸다.

"이자를 당장 끌고 가서 재판에 부쳐야 해요."

사람들 틈에 섞여 있던 관리가 말했다.

사람들은 올린터스와 글라우코스를 모두 끌고 갔다. 두 사람은 곧바로 감옥에 갇혔다.

그 소식을 전해 들은 이오네와 니디아는 거의 제정신이 아니었다. 이오네는 하나밖에 없는 동생이 죽었다는 것과 범인이 자신의 연인이라는 말에 정신을 잃고 쓰러졌으며, 니디아는 자신 때문에 글라우코스에게 그런 끔찍한 일이 일어났다는 죄책감에 목놓아 울었다.

넋이 반쯤 나가서 아파에키데스의 장례를 치른 이오네는 그대로 앓아눕고 말았다. 니디아는 혼자 방에 틀어박혀서 눈이 퉁퉁 붓도록 울었다. 그러다 겨우 기운을 차리고 감옥에 있는 글라우코스를 만나기 위해 밖으로 나갔다. 하지만 재판 중인 죄수는 면회를 할 수 없다는 얘기만 듣고 힘없이 돌아와야 했다. 집으로 오는 길에 그녀는 아르바케스를 만났다.

아르바케스가 먼저 그녀를 알아보고 말을 걸었다.

"니디아, 이오네는 좀 어때?"

"아, 아르바케스 씨. 아가씨는 아직 침대에 누워 계세요. 모든 게 저 때문이에요. 제가 글라우코스 님께 이상한 약을 먹였어요. 그 약 때문에 글라우코스 님이 정신을 잃어서 이런 일이 벌어진 거예요."

니디아는 가슴이 터질 듯 답답해서 자기도 모르게 아르바케스에게 사실을 털어놓고 울음을 터뜨렸다.

뜻밖의 사실을 안 아르바케스는 뱀처럼 교활한 웃음을 지으며 말했다.

"그랬구나. 하지만 너무 걱정하지는 마라. 내가 지금 감옥에 가서 글라우코스를 만나 봤는데 정신이 돌아왔더구나."

"어머나! 그게 정말이에요?"

니디아는 기뻐서 소리쳤다. 그녀는 글라우코스가 약을 조금밖에 마시지 않은 게 천만다행이라고 생각했다.

그녀가 기뻐하는 모습을 보면서 아르바케스는 불안한 생각이 들었다. 자칫 잘못해서 그 약을 준 사람이 자신이라는 게 밝혀지면 골치 아픈 일이 생길 게 뻔했다. 또 글라우코스가 정신이 나간 상태였다는 사실이 알려지면 재판에서 자신이 원하는 대로 사형이 선고되지 않을 수도 있었다.

"니디아, 네가 글라우코스에게 그런 짓을 한 걸 다른 하인들이 알면 널 가만두지 않을 거야. 그러니 당분간 우리 집에 가서 숨어 있도록 해라. 우리 집에 머물면서 나랑 같이 글라우코스를 살려 낼 방법이 없는지 한번 생각해 보자꾸나."

"네, 아르바케스 씨. 당신이 이렇게 친절한 분인지 정말 몰랐어요."

니디아는 감격해서 그를 따라나섰다. 하지만 아르바케스는 니디아를 데리고 집으로 가자마자 꼬불꼬불한 지하실의 깊숙한 방에 가두어 버렸다. 그러고는 덩치 큰 노예 소시아에게 니디아를 잘 지키라고 명령했다.

그제야 니디아는 아르바케스에게 속은 것을 알고 출입문에 매달려 살려 달라고 목이 터져라 외쳤다. 하지만 아무 소용이 없었다. 그녀는 한참 동안이나 소리를 질러 댔지만 돌아오는 대답은 조용히 하라는 소시아의 말뿐이었다.

지친 니디아는 결국 모든 것을 포기하고 바닥에 털썩 주저앉았다. 그녀는 눈물을 주르륵 흘리면서 혼잣말로 중얼거렸다.

"도대체 나를 왜 가둔 걸까! 역시 아르바케스는 믿을 만한 사람이 아니었어."

문 앞에서 그 말을 듣고 있던 소시아가 길게 하품을 하며 입을 열었다.

"곧 밖으로 내보낼 테니 너무 걱정하지 마라. 조금 전에 주인님이 이오네 아가씨를 데려왔더구나. 아가씨가 울고불고 하는 걸 보니 강제로 끌고 온 모양이야. 그래도 주인님은 그 아가씨를 좋아하니까 괴롭히진 않을 거야. 그리고 너도 다시 풀어 줘서 이오네 아가씨의 시중을 들도록 하시지 않겠니?"

"네? 아가씨가 이곳에 계시다고요? 그럼 절 지금 당장 아가씨께 데려다 주세요."

니디아는 출입문에 바싹 매달려서 말했다.

"지금은 안 돼. 주인님이 아직 아무 말씀도 안 하셨으니까. 이오네 아가씨도 지금은 미친 사람처럼 흥분해서 주인님이 방에 가두어 두셨어."

소시아의 말에 니디아는 다시 기운이 쭉 빠져 바닥에 주저앉고 말았다. 그녀의 눈에서는 쉴 새 없이 눈물이 흘러내렸다.

'이오네 아가씨까지 붙잡혀 오셨다면 글라우코스 님은 누가 나서서 도와 드릴까! 내가 어떻게든 밖으로 나가서 글라우코스 님을 도울 방법을 찾아봐야 해.'

니디아는 마음을 굳게 먹고 탈출할 방법을 곰곰이 생각했다.

마침 소시아가 그녀에게 다시 말을 걸었다.

"니디아, 너는 테살리아 출신이라고 했지? 그럼 마술이나 점치는 방법에 관해서 잘 알고 있겠구나. 할 수 있다면 내 점을 좀 쳐 주지 않을래?"

그 말을 듣는 순간 니디아는 탈출할 수 있는 좋은 꾀가 떠올랐다. 그녀는 마술이나 점치는 방법을 전혀 몰랐지만 시치미를 뚝 떼고 말했다.

"저도 점치는 방법은 잘 알아요. 그런데 당신은 뭐가 궁금해서 점을 치려고 하세요?"

"내가 돈을 많이 벌어서 자유의 몸이 될 수 있는지 궁금해. 또 자유의 몸이 되면 조그만 향수 가게를 내고 싶은데 그럴 수 있는지도 꼭 알고 싶어."

소시아는 간절한 눈빛으로 말했다.

"그럼 제가 좀 있다가 점을 쳐 드릴게요. 당신은 우선 저녁별이 뜰 때 뒷마당의 문을 조금 열어 두세요. 그래야 신령님이 들어오기 때문이에요. 또 문 앞에는 신령님을 환영한다는 표시로 과일과 물을 놓아 두세요. 그리고 나서 찬물을 한 그릇 가지고 이곳으로 오시면 당신의 운명을 점쳐 드릴게요."

"그래. 좋아, 좋아."

소시아는 신이 나서 고개를 끄덕이며 대답했다. 그는 콧노래를 흥얼거리며 해가 질 때만을 기다렸다.

그 무렵, 칼레누스가 아르바케스를 찾아왔다. 그는 아르바케스에게 자신이 모든 비밀을 알고 있다는 사실을 털어놓고 입을 다무는 조건으로 한밑천 두둑하게 뜯어내야겠다는 생각을 하고 있었다. 칼레누스는 이시스 신전의 제관으로 아르바케스에게 많은 가르침을 받았지만, 제물 앞에서 의리나 믿음 따위는 아무 것도 아니라고 여겼다. 큰돈을 벌 수만 있다면 그는 그보다 더한 일이라도 할 수 있는 사람이었다.

"칼레누스, 자네가 어쩐 일인가?"

아르바케스는 어쩐지 불길한 느낌이 들어서 얼굴을 찡그리며 물었다.

칼레누스는 숨을 크게 한 번 몰아쉬고 나서 얘기를 시작했다.

"살인 사건이 나던 날, 저는 그 숲속에 있었습니다. 아파에키데스가 뭔가 일을 꾸민다는 것을 알고 뒤를 쫓던 중이었지요. 그곳에서 모든 것을 다 보았습니다. 진짜 범인이 누구라는 것도 다 알고 있단 말입니다."

"그래?"

아르바케스는 심장이 딱 멎는 것 같았지만 짐짓 아무렇지도 않은 척 되물었다.

"하지만 너무 걱정하지 마십시오. 아직 아무에게
도 말하지 않았으니까요."

칼레누스는 의미심장한 미소를 지으면서 말했다.

눈치 빠른 아르바케스는 금세 그의 생각을 꿰뚫
어 보았다.

"그랬군. 자네는 입을 다무는 대신 내게 뭔가 요
구하러 온 모양이군. 내 말이 맞나?"

"역시 제 마음을 금방 읽어 내시는군요. 가지고
있는 많은 보물을 조금만 나눠 주시면
영원히 입을 다물겠습니다. 그럼 글
라우코스는 살인죄를 쓰고 그대로
사자밥이 되겠지요."

칼레누스는 보기 싫게 웃으면
서 말했다.

"좋아. 지금 당장 지하실로
가세. 그곳에 내 보물 창고
가 있으니 자네가 원하는 대
로 가져가게."

아르바케스는 벌떡 일어나서 앞장을 섰다. 칼레누스는 얼굴 가득 번지는 웃음을 애써 참고 그의 뒤를 따랐다.

그때 니디아는 소시아에게 가짜 점을 쳐 주고 있었다. 소시아는 니디아가 시키는 대로 자물쇠를 열고 안으로 들어와서 얌전히 앉았다. 니디아는 등잔 위에 허리를 굽혔다가 일어나면서 낮은 목소리로 기도를 하고 나서 말했다.

"아, 지금 신령님이 오셨어요. 어서 물그릇을 상 위에 올려놓으세요. 그리고 당신은 수건으로 눈을 가리도록 해요. 그래야 신령님이 편하게 들어오실 수 있어요."

"그래, 그래. 점을 칠 때는 곧잘 그렇게 하더군. 전에 본 적이 있어."

소시아는 아무런 의심도 없이 니디아가 시키는 대로 했다.

니디아는 그의 눈앞에서 손을 아래위로 흔들어 보았다. 그가 눈을 제대로 가렸는지 확인하려는 것이었다. 그는 아무 말도 하지 않았다.

"이제 됐어요. 조금만 기다리면 신령님이 답을 주실 거예요. 상 위의 물이 부글부글 끓어 오르면 당신 소원이 이루어진다는 뜻이니 꼼짝 말고 앉아서 기다려야 해요."

"좋아, 좋아. 그렇게 하지."

소시아는 들뜬 목소리로 대답했다.

니디아는 다시 한 번 낮은 목소리로 바쿠스 신에게 드리는 기도를 하고 나서 발소리를 죽이고 밖으로 나갔다. 소시아는 아무 것도 모른 채 얌전히 무릎을 꿇고 앉아 있었다. 니디아는 나가자마자 재빨리 자물쇠를 잠그고 출입구를 찾아 더듬거리며 앞으로 걸어갔다.

한참 후에야 속은 것을 안 소시아는 출입문을 쾅쾅 두드리며 소리쳤지만 아무도 오지 않았다.

"아니지. 시끄럽게 굴다가 주인님이라도 오시면 바보같이 니디아를 놓쳤다고 크게 혼내실 게 분명해."

소시아는 이렇게 중얼거리고는 입을 다물고 조용히 있었다.

그새 니디아는 신기할 만큼 정확하게 출입구를 찾아 뒤뜰로 나갔다. 그런데 바로 그때 아르바케스의 목소리가 들려왔다. 그녀는 공포에 질려 황급히 몸을 숨겼다. 아르바케스는 누군가와 얘기를 주고받으며 지하실 쪽으로 걸어가고 있었다. 그녀는 아르바케스와 얘기를 나누는 사람이 이시스 신전의 제관 칼레누스라는 것을 곧 알아챘다. 니디아는 목을 길게 빼고 그들의 얘기에 귀를 기울였다.

아르바케스는 주위를 한 번 살펴보고 나서 지하실에 들어가 커다란 쇠창살이 있는 문앞에 섰다.

"자, 여기가 내 보물 창고야. 안에 들어가면 온갖 보물이 다 있으니 마음에 드는 것으로 원하는 만큼 골라 보게."

그는 굳게 잠긴 자물쇠를 벗겨 내고 말했다.

칼레누스는 허리를 굽실거리며 얼른 안으로 들어갔다. 그러자 아르바케스가 기다렸다는 듯이 그를 세차게 밀어 넣고는 자물쇠를 철컥 잠가 버렸다.

칼레누스는 눈이 휘둥그레져서 창살 앞으로 달려와 매달렸다.

"왜 그러세요?"

"나쁜 놈. 감히 나를 협박해서 내 재물을 뜯어내려고 해? 내가 너 같은 놈한테 순순히 당할 줄 알았냐! 네가 글라우코스 놈을 위해 증언하는 일은 결코 없을 것이다. 네놈의 죄는 이곳에서 굶어 죽는 걸로 씻길 테니 얌전히 있어."

아르바케스는 껄껄 웃으면서 밖으로 나갔다.

칼레누스가 살려 달라고 소리쳤지만 그는 들은 척도 하지 않고 가 버렸다.

니디아는 벌벌 떨면서 그 소리를 한참 동안 듣고 있었다.

희망을 찾아서

칼레누스는 그 후에도 출입문의 쇠창살을 붙잡고 계속해서 소리를 질렀다. 니디아는 그의 말 속에 글라우코스의 이름이 오르내리는 것을 귀 기울여 들었다.

'아무래도 저 사람이 글라우코스 님과 관련해서 뭔가 알고 있는 것 같아. 아니 분명히 그럴 거야.'

니디아는 직감적으로 그런 느낌을 받고 칼레누스의 목소리를 따라 조심스럽게 지하실로 들어갔다.

칼레누스는 소리를 지르다 지쳐서 바닥에 주저앉아 있었다. 하지만 한쪽 구석에서 독사 한 마리가 슬금슬금 기어다니는 것을 발견하고 곧바로 벌떡 일어나 다시 쇠창살에 매달렸다.

그때 니디아가 다가가서 말을 걸었다.

"칼레누스 제관님."

"넌 누구냐? 사람이냐, 유령이냐?"

컴컴한 지하실에서 갑작스레 사람의 목소리가 들리자 칼레누스는 놀라서 펄쩍 뛰어올랐다.

"전 눈 먼 소녀 니디아예요. 제관님이 아르바케스 씨와 주고받는 얘기를 다 들었어요. 제가 이곳을 빠져나가서 사람들에게 당신을 구해 달라고 할게요. 대신 제 부탁을 하나만 들어 주세요."

"그래. 고맙다. 나를 꺼내 주기만 한다면 제단 위의 금그릇이라도 기꺼이 주마."

칼레누스는 희망에 찬 표정으로 말했다.

니디아는 고개를 절레절레 흔들며 입을 열었다.

"금그릇 따위는 필요 없어요. 전 당신이 글라우코스 님에 대해 알고 있는 비밀이 무엇인지 궁금해요. 당신의 비밀이 글라우코스 님을 사형장에서 구해 낼 수 있지 않나요?"

"물론 구해 낼 수 있지. 내가 다 말해 주마. 난 이제 아르바케스를 믿지 않아. 그자에게 반드시 복수해 주고 말겠어. 지금 감옥에 갇혀 있는 글라우코스는 누명을 쓰고 있어. 난 아르바케스가 칼로 아파에키데스를 내리찌르는 살인 현장을 처음부터 끝까지 똑똑히 지켜보았다. 내가 그 비밀을 알고 있기 때문에 아르바케스가 나를 죽이려고 이곳에 가둔 거야."

칼레누스는 절박한 심정으로 모든 사실을 털어놓았다.

니디아는 희망의 빛이 보이는 듯해서 얼굴이 밝아졌다.

"제관님, 그 사실을 증언해 줄 수 있나요?"

"하고말고. 그 사악한 아르바케스에게 복수를 하기 위해서라도 얼마든지 증언을 하지."

칼레누스는 주먹을 불끈 쥐고 말했다. 니디아는 이제 글라우코스를 구해 낼 수 있다는 확신에 차서 말했다.

"잘 알았어요. 제가 지금 이곳을 빠져나가서 사람들에게 진실을 알리고 당신을 구하러 올게요. 당신 덕분에 모든 일이 잘 해결될 것 같아요."

"그래. 하지만 서둘러 돌아와야 한다. 이곳은 너무 끔찍해서 한시도 못 견디겠구나. 마치 무덤 속에 들어와 있는 것 같아."

"네, 걱정하지 마세요."

니디아는 고개를 끄덕여 보이고 나서 두 팔을 쭉 뻗어 벽을 더듬으며 지하실 밖으로 나갔다. 하지만 겨우겨우 대문까지 갔을 때 그녀는 문이 굳게 잠겨 있는 것을 확인하고 온몸에 매이 풀려 그대로 주저앉고 말았다. 칼레누스가 아르바케스를 만나러 들어오면서 소시아가 열어 두었던 문을 잠근 것이었다. 니디아는 어찌할 바를 몰라 발만 동동 구르다가 눈물을 주르륵 흘리며 얼빠진 사람처럼 멍하니 앉아 있었다.

그때 아르바케스는 고급 향료를 넣은 포도주를 기분 좋게 들이켜고는 이오네를 가둬 둔 방으로 갔다. 그는 모든 일이 자기 뜻대로 진행되어 가는 것이 몹시 기뻤다. 글라우코스는 곧 사형을 당할 것이고, 칼레누스는 며칠 후에 굶어 죽으면 사르너스 강에 시신을 던지고 나서 기독교인들이 한 짓이라고 소문을 퍼뜨리면 그만이라고 생각했다. 그는 스스로 생각해도 기발하고 완벽한 계획에 혼자 흐뭇해했다.

'이제 남은 건 이오네와 결혼하는 것뿐이야.'

아르바케스는 큰 소리로 웃으면서 방문을 열었다. 이오네는 꼼짝도 하지 않고 앉아 있다가 괴로운 표정으로 그를 올려다보았다. 아르바케스는 조심스럽게 다가가 조금 떨어진 곳에 앉으며 나지막한 목소리로 말했다.

"이오네, 아직도 내 진심을 모르겠니? 이제 네 곁엔 나밖에 없단다. 난 너를 진심으로 사랑하고 있어. 이오네, 제발 나와 결혼해 다오."

이오네는 한동안 아무 대꾸도 하지 않은 채 잠자코 있다가 애

원하는 투로 말했다.

"아르바케스 씨, 제발 글라우코스를 구해 주세요. 그분은 죄가 없어요. 누군가 그분께 누명을 씌운 게 틀림없어요. 당신은 얼마든지 그분을 구해 낼 수 있죠? 당신이 원한다면 글라우코스와 결혼하는 걸 포기할게요. 그러니 살려만 주세요."

그 말에 아르바케스는 울컥 화가 치밀었다. 그의 가슴속에서 질투심이 고개를 높이 쳐들었다.

"곧 재판이 시작될 거다. 재판 결과는 내가 결정할 수 있는 게 아니야. 그자가 사형을 당할 것은 불을 보듯 뻔한 일이니 그만 미련을 버리도록 해라. 그리고 이제라도 마음을 바꿔 보렴. 넌 나와 결혼하면 세상 어느 여자보다 화려하고 멋지게 살 수 있어. 난 곧 다른 곳으로 가서 나만의 제국을 세울 거야. 그럼 너는 왕비가 되는 거란다. 왕비가 되어서 나와 함께 한평생을 즐기면서 살고 싶지 않니?"

"아니, 그럴 수 없어요. 어떻게 사랑하지도 않는 사람과 결혼할 수 있어요. 전 차라리 평생 혼자 살겠어요. 그러니 그런 말씀은 그만 하시고 글라우코스를 좀 도와주세요. 간절히 부탁드릴게요."

이오네가 거기까지 말했을 때 아르바케스는 더 이상 참지 못하고 자리에서 벌떡 일어났다. 그는 속이 부글부글 끓어 올랐지만 간신히 참고 마지막으로 말했다.

"이오네, 네가 그렇게도 애원하니 글라우코스를 구할 방법이 있는지 알아보도록 하마. 하지만 크게 기대하지는 마라. 그리고 네가 아무리 그래도 난 너를 포기하지 않을 것이다. 그 사실을 명심해라."

아르바케스는 이오네의 대답을 듣지도 않고 급히 방을 나갔다. 그는 이오네가 한결같이 글라우코스 걱정만 하는 것을 참을 수가 없었다.

'이오네, 난 결코 너를 포기하지 않아. 글라우코스는 결국 사형을 당할 수밖에 없어. 그러면 넌 반드시 내 아내가 될 거야.'

그는 속으로 중얼거리면서 자기 방으로 들어갔다. 그때 문득 니디아 생각이 났다. 자신의 계획이 어긋나지 않으려면 누구보다 니디아를 잘 지켜야 할 것 같았다. 혹시라도 그녀가 탈출해서 이오네를 만나면 큰일이기 때문이었다. 그는 하인 칼리아스를 불러들여 말했다.

"칼리아스, 지금 곧 지하실에 있는 소시아한테 가서 니디아를 단단히 지켜야 한다고 말해. 만약 니디아가 이곳에 있다는 사실을 누구라도 알게 되면 내가 가만두지 않는다고 전하란 말이야.

어서."

"네, 주인님."

칼리아스는 꾸벅 인사를 하고 곧바로 지하실로 달려갔다. 하지만 소시아는 이미 니디아를 놓치고 방에 갇혀 있는 상태였다. 칼리아스는 자물쇠를 부순 다음 문을 열어 주고 말했다.

"도대체 어떻게 된 건가? 주인님이 니디아를 잘 지키라고 명령하셨는데 이 꼴이 뭐냔 말이야!"

"그 앙큼한 계집애가 날 속였지 뭐야. 이 일을 어쩌지! 지금쯤 그 계집애는 벌써 시내까지 갔을 텐데."

소시아가 걱정스러운 얼굴로 말했다.

"그럴 리 없어. 대문이 모두 꽉꽉 잠겨 있는데 무슨 재주로 이곳을 빠져나가? 분명히 어딘가에 숨어 있을 테니 어서 나가 찾아보세."

칼리아스가 앞장서 걸어가면서 말했다.

"내가 그 계집애의 속임수에 넘어가서 뒷문을 열어 두었는데 그곳으로 나갔을 거야. 아, 주인님이 아시면 큰일인데 어떻게 하지?"

"아니야. 칼레누스 제관이 들어올 때 모두 닫았어. 그때 내가 한 번 더 확인했으니 확실해."

칼리아스가 확신에 찬 표정을 지어 보였다.

그제야 소시아도 얼굴이 조금 밝아졌다.

두 사람은 경중경중 뛰어서 밖으로 나갔다. 그들은 먼저 가까운 방 안과 복도의 구석진 곳을 샅샅이 살피고 나서 뒤뜰로 나갔다. 그때 마침 니디아는 밖으로 나갈 만한 구멍을 찾기 위해 담을 더듬고 있었다.

"이 나쁜 계집애 같으니라고. 날 속이고 어디로 도망가려고."

소시아가 니디아의 팔목을 힘껏 잡아당기며 소리쳤다. 니디아는 너무 놀라서 짐승처럼 비명을 질렀다.

소시아는 그녀의 가냘픈 몸을 번쩍 들어 어깨에 둘러메고 가서 다시 지하실에 가두어 버렸다. 니디아는 너무도 괴롭고 무서워서 밤새도록 울었다.

다음 날 아침까지도 니디아는 안타까운 마음에 안절부절못하고 앉아 있었다. 아무리 생각해도 탈출할 수 있는 방법은 없었다. 소시아가 두 번씩이나 속아 넘어갈 리는 없기 때문이었다. 하지만 희망을 버릴 수는 없었다. 그녀는 소시아가 아침 식사를 가져올 때까지 부지런히 머리를 굴렸다. 그러다 그럴듯한 방법을 한 가지 더 생각해 냈다.

소시아는 바구니에 먹을 것을 담아 와서 쓱 들이밀어 주고는 아무 말도 하지 않고 가 버렸다. 그리고 한참 후에 다시 돌아와서 조금 떨어진 곳에 앉아 그녀를 지켰다.

"소시아 씨, 소시아 씨."

니디아가 몇 번 부르자 소시아는 투덜거리면서 다가왔다.

"왜? 무슨 일이야? 또 엉뚱한 일을 벌일 생각은 하지 않는 게 좋아. 난 이제 속지 않을 거니까. 내일 경기장에서 모처럼 사형수와 맹수가 대결하는 장면을 볼 수 있었는데 너 때문에 나는 가지도 못한단 말이야."

그는 단단히 마음을 먹은 듯 퉁명스럽게 말했다.

니디아는 깜짝 놀라서 가슴이 철렁 내려앉았다. 그녀는 애써 마음을 가다듬고 물었다.

"글라우코스 님의 재판이 벌써 끝난 건가요?"

"그래. 오늘 아침에 끝났지. 살인을 했으니 사형을 받는 건 당연한 거 아니야?"

소시아는 아무렇지 않게 대꾸했다.

니디아는 하늘이 무너져 내리는 것만 같았다. 하지만 이대로 포기할 수는 없었다. 글라우코스를 구하려면 서둘러야 했다. 그녀는 일부러 미소를 머금고 상냥하게 말했다.

"절대 도망치려고 하지 않을 테니 걱정 마시고 제 얘기 좀 들어보세요."

"뭐지?"

소시아는 여전히 무뚝뚝하게 말했다.

"당신은 돈을 많이 모아서 자유의 몸이 되고 싶다고 하셨죠? 제가 그 소원을 들어 드릴게요. 여기 제 목에 걸린 목걸이와 팔목에 채워진 팔찌를 보세요. 이건 글라우코스 님과 이오네 아가씨가 예전에 저에게 선물로 주신 것들이에요. 척 보면 알겠지만 이건 굉장히 비싼 것들이에요. 당신이 자유의 몸이 되고도 남을 만큼 비싸죠. 이걸 모두 드릴 테니 제 부탁 하나만 들어주세요."

니디아의 말에 소시아는 눈이 휘둥그레졌다. 그녀가 말한 대로 목걸이와 팔찌에는 아주 비싼 보석이 달려 있었다. 하지만 그는 아르바케스를 무척 두려워하고 있었기 때문에 쉽게 마음을 열지 않았다.

"네가 무슨 꿍꿍이로 그런 얘길 하는지 모르겠다만 이곳에서 도망치려고 그러는 거라면 아예 꿈도 꾸지 마."

"그런 게 아니에요. 당신은 제가 써 준 편지를 글라우코스 님의 절친한 친구인 살러스트 씨에게 전해 주기만 하면 돼요."

니디아가 상냥하게 말하자 소시아는 솔깃해서 물었다.

"무슨 편진데 그렇게 비싼 패물을 나한테 주면서까지 전하려

는 거지?"

"글라우코스 님께 드리는 감사 편지예요. 그분은 저를 못된 사
람들한테서 구해 주시고 늘 다정하게 대해 주셨어요. 마지막으
로 그분께 고맙다는 인사를 꼭 전하고 싶어요. 내일이 지나면
할 수 없잖아요. 그러니 저를 좀 도와주세요. 편지만 전해 주면
당신은 자유의 몸이 될 수 있는데 뭘 망설이세요? 그렇게 힘든
일도 아니잖아요."

니디아가 계속해서 얘기하자 소시아는 고개를 갸웃거리며 한
결 부드러워진 목소리로 말했다.

"혹시라도 편지에 다른 내용을 쓰려는 건 아니지? 네가 이곳
에 갇혀 있으니 구해 달라거나 하는 것 말이야. 그럼 절대 안
돼. 널 지키지 못하면 주인님이 화가 나서 날 죽일지도 몰라."

"그런 내용은 절대 쓰지 않아요. 정말 감사 편지일 뿐이니 절
믿으세요."

니디아는 소시아의 마음이 움직인 것을 알아채고 기쁨에 차서
말했다.

"그럼 좋아. 빨리 편지를 써서 줘."

소시아는 직접 편지를 쓸 수 있는 서판을 가져다 주었다.

니디아는 어렸을 때 배운 적이 있는 그리스어로 편지를 썼다.

혹시라도 소시아가 편지를 읽으면 안 되기 때문이었다.

그녀는 편지에 아르바케스가 진짜 범인이라는 사실을 자세히 써서 끈으로 정성껏 동여매어 소시아에게 건네주었다.

"우선 이 목걸이를 받으세요. 팔찌는 이따가 당신이 돌아오면 줄게요. 만일 이 편지를 살러스트 씨에게 제대로 전하지 않으면 전 평생 동안 당신에게 저주를 내릴 거예요. 우리 테살리아인들에게는 그런 힘이 있으니까요."

니디아가 힘주어 말하자 소시아는 약간 겁먹은 표정으로 약속을 지키겠다고 했다. 그 길로 소시아는 아르바케스의 저택을 빠져나가 곧장 살러스트를 찾아갔다. 살러스트는 가장 절친한 친구가 맹수와 싸우다 처참하게 죽을 거란 생각 때문에 몹시 괴로워하면서 술을 마시고 있었다. 소시아는 하인의 안내를 받으며 살러스트가 있는 방으로 갔다. 살러스트는 술에 잔뜩 취해 고래고래 소리를 지르고 있었다.

"어떤 아가씨가 나리께 이 편지를 꼭 전해 드리라고 해서 왔습니다."

소시아는 편지를 탁자 위에 내려놓으며 말했다.

"흥, 어떤 아가씨가 보낸 편지라고? 친구가 죽는 마당에 그까짓 연애 편지나 읽으란 말이야?"

살러스트는 흥분해서 소리를 꽥 질렀다.

소시아는 그자리를 피해서 얼른 밖으로 나와 버렸다. 소시아가 폼페이 거리를 지나 저택으로 돌아가고 있을 때 많은 사람들이 경기장으로 몰려가고 있었다.

판사가 내일 경기장에서 사형수와 맞서게 할 맹수를 사람들에게 미리 보여 준다고 했기 때문이었다.

"내일 경기장에도 못 가는데 잘됐다. 지금 가서 오랜만에 사자 구경이나 하자."

소시아는 사람들 무리에 섞여서 경기장으로 달려갔다.

멀리 보이는 화산에서 평소보다 훨씬 더 시커먼 연기가 뭉실뭉실 피어오르고 있었지만 아무도 신경 쓰지 않았다.

불길한 예언

　세 번째 재판에서 마지막으로 사형을 선고받은 글라우코스는 곧바로 교도관에게 이끌려 법정을 나왔다. 살러스트가 애타게 면회를 요청했지만 사형수가 된 글라우코스에게는 아무것도 허락되지 않았다.

　교도관은 주피터 신전 왼쪽에 나 있는 좁은 입구로 가서 글라우코스를 어두운 감옥에 밀어 넣었다. 그리고 나서 빵 한 조각과 물 한 주전자를 들여 놓고는 문을 철컥 잠그고 사라졌다.

　캄캄한 어둠 속에 혼자 남겨진 글라우코스는 머릿속이 텅 비어 버린 것처럼 멍해졌다. 그는 며칠 새 자신에게 일어난 모든 일을 도무지 믿을 수 없었다. 한바탕 꿈을 꾼 듯 몽롱한 상태에서 깨어나 정신을 차리고 보니 자신이 끔찍한 살인자가 되어 있는 현실에 그저 기가 막힐 뿐이었다. 글라우코스는 평소에 무척 건강했기 때문에 약의 독성을 잘 이겨 내고 이제 완전히 정신이 돌아와 있었다. 하지만 아무리 더듬어 보아도 살인을 저지른 기억은 떠오르지 않았다.

'억울해. 누군가 나한테 누명을 씌운 게 틀림없어.'

마음속으로 수도 없이 그렇게 중얼거렸지만 그것은 그의 짐작일 뿐이었다. 그가 더욱 괴로운 것은 자신이 죽였다는 사람이 바로 아파에키데스라는 사실이었다.

'이오네도 내가 아파에키데스를 죽였다고 생각할 텐데 이 일을 어떻게 하면 좋단 말인가! 내가 정말 그때 정신이 나가서 그를 죽여 놓고 기억하지 못하는 건 아닐까! 아니야. 그럴 리가 없어. 내가 어떻게 그런 짓을…….'

글라우코스는 세게 머리를 흔들며 그날 밤의 일을 찬찬히 떠올려 보았다. 그러자 치벨레 숲에서 누군가 쓰러져 있는 모습과 함께 등 뒤에서 누군가의 억센 손에 떠밀린 기억이 희미하게 떠올랐다. 그는 그제야 안도의 숨을 내쉬며 혼잣말로 중얼거렸다.

"역시 난 죽이지 않았어. 그럼 대체 누가 나한테 누명을 씌운 걸까?"

순간, 그의 머릿속에 아르바케스의 얼굴이 크게 떠올랐다. 아르바케스는 글라우코스가 감옥에 갇힌 지 얼마 안 됐을 때 면회를 왔었다. 그때 아르바케스는 음흉한 미소를 지은 채 한참 동안 글라우코스를 바라보다 돌아갔다.

"그래. 아르바케스가 한 짓이야. 내가 죽고 나면 이오네를 차지하게 되니 그랬을 테지."

글라우코스는 확신에 차서 주먹을 불끈 쥐었다. 그러고 보니 폼페이에서 그렇게 야비한 짓을 할 만한 사람은 아르바케스밖에 없다는 생각이 들었다. 하지만 잠깐 동안 희망의 빛이 반짝이던 그의 얼굴은 금세 어두워졌다. 설사 아르바케스가 진짜 범인이라고 해도 누군가 나서서 밝혀 주지 않으면 아무 소용도 없다는 생각이 떠올랐기 때문이었다. 그는 머리를 쥐어뜯으며 괴로운 신음을 토해 냈다.

바로 그때 어둠 속에서 굵직한 목소리가 들려왔다.

"살인자는 아르바케스가 맞아요."

갑작스러운 목소리에 글라우코스는 화들짝 놀라 고개를 번쩍 들고 물었다.

"당신은 누구요?"

"난 올린터스요. 당신과 같이 감옥에 끌려왔고, 그리스도에 대한 굳은 믿음으로 행한 일 때문에 당신과 마찬가지로 사형을 선고받아 경기장에서 맹수들의 밥이 될 처지라오."

올린터스가 너무나도 담담하게 말해서 글라우코스는 다시 한 번 놀랐다.

"살인자가 아르바케스라는 말은 뭐죠? 당신은 그 사건에 관해 뭔가 알고 있나요?"

"그럼요. 아르바케스가 아파에키데스를 죽일 수밖에 없었던 이유를 내가 확실히 알고 있기 때문이오."

올린터스는 자신이 아파에키데스와 함께 꾸민 계획을 자세히 설명해 주었다. 그날 밤, 치벨레 숲속에서 아파에키데스가 아르바케스와 마주쳤고, 그때 아파에키데스가 아르바케스에게 자신의 비밀스러운 계획을 털어놓으며 협박을 했으리라는 얘기도 했다. 그의 말을 듣는 동안 글라우코스는 계속해서 고개를 끄덕였다.

"그랬군요. 그게 사실이라면 아르바케스가 범인인 것이 확실해요. 그럼 난 이제 누명을 벗게 되겠지요?"

글라우코스는 기뻐서 소리쳤다. 올린터스가 그 모습을 물끄러미 바라보다가 무겁게 입을 열었다.

"당신은 이미 사형 선고를 받았고, 내일이면 맹수의 밥이 될 텐데 그게 다 무슨 소용이 있겠소?"

그 말에 글라우코스는 그만 맥이 탁 풀리고 말았다. 올린터스의 말대로 아무리 생각해 봐도 이제 와서 살인 누명을 벗고 풀려날 방법은 없어 보였다. 글라우코스는 어깨를 축 늘어뜨리고 앉아 있다가 문득 이상한 생각이 들었다. 올린터스가 죽음을 앞에 둔 사람답지 않게 계속 담담한 태도를 잃지 않았기 때문이었다. 그는 글라우코스처럼 살인 누명을 쓴 것도 아니라서 사형 선고를 억울해할 수도 있었지만 전혀 그런 낌새를 보이지 않았다.

"당신은 죽음이 두렵지 않나요?"

글라우코스가 힘없는 목소리로 물었다.

올린터스는 편안한 웃음을 짓고 대답했다.

"우리 기독교인들은 죽은 후에 새롭게 만나게 될 세상을 믿고 있소. 주님께서 우리를 그곳으로 인도해 준다오. 그곳에 가면 나는 오래전에 죽은 내 아내도 다시 만날 거요. 그런데 내가 왜 죽음을 두려워하겠소? 나는 그리스도의 이름이 더럽혀지는 것이 두려울 뿐 죽음 따위는 조금도 두렵지 않소."

그의 확신에 찬 대답에 글라우코스는 깜짝 놀랐다. 그는 이제껏 기독교에 아무런 관심도 갖지 않았다. 하지만 올린터스와 얘기를 나누는 동안 그리스도교에 호기심이 일기 시작했다. 올린

터스에게 그토록 강한 믿음을 심어 준 신앙의 힘이 어떤 것인지 궁금했고, 정말로 죽은 후의 세상이 있는지도 알고 싶었다.

올린터스는 그의 마음을 알아채고 기독교에 대해 많은 얘기를 들려주었다. 두 사람은 날이 훤하게 밝아 올 때까지 얘기를 나누었다.

마침내 최후의 날이 밝았다. 바람은 잔잔하고 공기는 후텁지근했으며, 도시 전체에 자욱한 안개가 끼어 먼 골짜기까지 자욱하게 번지고 있었다. 그런데 바다에서는 이상한 일이 벌어졌다. 바람은 한 점도 없는데 집채만 한 파도가 몰아치며 바닷가 절벽을 무섭게 때리는 것이었다. 고기잡이를 나갔던 배들은 깜짝 놀라 허둥지둥 돌아왔다.

또 베수비오산 모퉁이에 걸려 있던 흰구름이 무언가에 빨려 들어가듯 순식간에 사라져 버렸다. 그러나 이번에도 사람들은 경기장에 몰려가느라 바빠서 아무런 관심조차 갖지 않았다.

사람들은 이른 아침부터 경기장으로 꾸역꾸역 몰려갔다. 모두들 파티장이라도 가는 듯 화려한 옷을 차려입고 한껏 들떠서 큰 소리로 웃으며 걸음을 재촉했다. 경기장은 폼페이 시내보다 더 컸지만 각지에서 몰려든 사람들로 가득 차서 넓다는 생각이 들지 않았다.

"아! 얼마 만에 보는 구경거리야!"

"그러게 말이야. 우리를 즐겁게 해 줄 죄수가 왜 그렇게도 귀한지 모르겠어."

사람들은 즐겁게 웃고 떠들면서 경기장 안으로 들어갔다. 경기장 안 곳곳에서 서로 좋은 자리를 차지하려는 사람들이 싸움을 벌였다.

그 시간, 아르바케스도 아침 식사를 끝내고 경기장으로 떠날 채비를 서둘렀다. 그런데 그가 막 집을 나서려고 할 때 베수비오산의 마녀가 들이닥쳤다. 마녀는 무슨 급한 일이라도 있는 것처럼 머리를 마구 헝클어뜨린 채 숨을 몰아쉬며 달려 들어왔다.

"아침부터 무슨 일로 왔지?"

아르바케스가 불편한 얼굴로 물었다.

"당신에게 알려 줄 게 있어서 왔어요."

"그게 뭐지?"

"잘 들어요, 아르바케스. 지금 이곳에는 무서운 재앙이 닥쳐오고 있어요. 내가 사는 베수비오산의 동굴 속에 커다란 구멍이 하나 있는데 얼마 전부터 그곳에 시뻘겋고 뜨거운 물이 흐르기 시작했어요. 그 뒤로 내가 기르던 동물들이 비명을 지르면서 갑자기 죽어 버렸지요. 구멍 속에서는 계속해서 연기가 피어나고

역겨운 냄새가 풍겼어요. 그 모든 게 화산이 폭발할 징조예요. 얼마 전에 이곳을 뒤흔들었던 지진도 화산 폭발을 알리는 신호였는데 몰랐나요? 아무튼 지금 이렇게 여유를 부리고 있을 시간이 없어요. 지금 당장 폼페이를 떠나도록 해요."

마녀는 심각한 표정으로 숨도 쉬지 않고 다급하게 말했다.

아르바케스는 골똘히 생각에 잠겼다가 입을 열었다.

"그렇게 중요한 소식을 알려 주다니 정말 고맙군. 저쪽에 있는 황금 술잔을 답례로 가져가도 좋아."

"고마워요. 다시 한 번 말하지만 시간이 얼마 남지 않았으니 서둘러 피난을 가야 해요."

마녀는 힘주어 말하고는 황금 술잔을 들고 밖으로 급하게 나가 버렸다.

아르바케스는 혼자서 다시 생각에 잠겼다. 그는 마녀가 서둘러야 한다고 했지만 적어도 2~3일 정도는 시간이 남아 있을 거라고 생각했다.

"우선 글라우코스 놈이 사자밥이 되는 것부터 확인해야지. 그리고 며칠 인으로 재산을 정리해서 이오네를 데리고 이곳을 떠나면 돼."

아르바케스는 그렇게 중얼거리면서 가장 좋은 예복을 차려입고 경기장으로 달려갔다. 가는 동안 그는 시중을 들기 위해 따라온 칼리아스에게 말했다.

"칼리아스, 난 이제 폼페이가 지겨워졌어. 곧 짐을 꾸려서 2~3일 안에 떠날 생각이니 준비하도록 해. 항구에 내가 사 둔 배가 있으니 짐을 꾸리는 대로 그곳에 차곡차곡 옮겨 싣도록 해. 내 말 알아들었지?"

"예, 주인님."

칼리아스는 머리를 꾸벅 숙이며 대답했다.

경기장 입구에는 점점 더 많은 사람들이 몰려들고 있었다. 이따금 경기장 안쪽 어딘가에서 세상을 뒤흔들 것처럼 사나운 사자의 울음소리가 터져 나오곤 했다. 사람들은 그 소리에 움찔하면서도 신이 나서 웃어 댔다.

아르바케스는 그들의 모습을 보면서 갑자기 소름이 끼쳤다.

'흥, 나는 나 자신을 위해서 살인을 했어. 그런데 사람이 맹수에게 물어뜯겨 잔인하게 죽는 꼴을 보면서 즐기려는 너희들은 뭐야? 너희들도 살인자나 마찬가지 아닌가!'

그런 생각을 하자 자신이 저지른 죄가 대수롭지 않게 여겨져서 마음이 가벼웠다. 그는 경기장으로 들어서면서 베수비오산을 바라보았다. 여느 때와 마찬가지로 평화로운 모습이었다.

'시간은 아직 많이 남아 있어.'

그는 속으로 중얼거리면서 유유히 경기장 안으로 들어갔다.

대폭발

소시아에게서 편지를 전했다는 얘기를 전해 들은 니디아는 가슴을 졸이며 기다렸다. 그녀는 다시 희망을 품게 되었다. 살러스트기 자신의 편지를 읽었다면 즉시 관리를 찾아가서 아르바케스의 저택을 습격할 거라 믿었다.

그러면 자신과 이오네는 구출될 테고, 칼레누스는 글라우코스에게 죄가 없다는 것을 증명할 터였다.

'아! 이젠 조용히 기다리기만 하면 돼. 날이 밝기 전에 글라우코스 님은 자유의 몸이 되실 거야.'

니디아는 밤새 가슴이 설레어 잠을 설쳤다. 하지만 날이 훤히 게 밝은 후에도 별다른 일은 일어나지 않았다. 아르바케스가 마차를 몰고 밖으로 나가면서 하인들에게 뭔가 명령을 내리는 소리가 크게 들렸을 뿐이었다.

'곧 형이 집행될 텐데 왜 아직까지 이렇게 잠잠한 걸까!'

니디아는 입안이 바싹바싹 타 들어가 앉아 있지도 못하고 내내 서성거리며 기다렸다.

그때쯤 경기장 안에 들어간 아르바케스는 넓은 경기장을 가득 메우고 있는 사람들을 훑어보고 있었다. 화려한 옷을 입은 귀부인들과 관리들, 원로원 의원 등 부유한 귀족들이 장내가 한눈에 내려다보이는 자리를 차지했고, 그 아래로 시민들이 발 디딜 틈도 없이 빽빽하게 들어차 있었다. 사람들은 저마다 곧 벌어질 경기에 관한 얘기를 하느라 바빴다.

원래 결투는 가장 잔인하고 흥미로운 경기부터 시작된다.

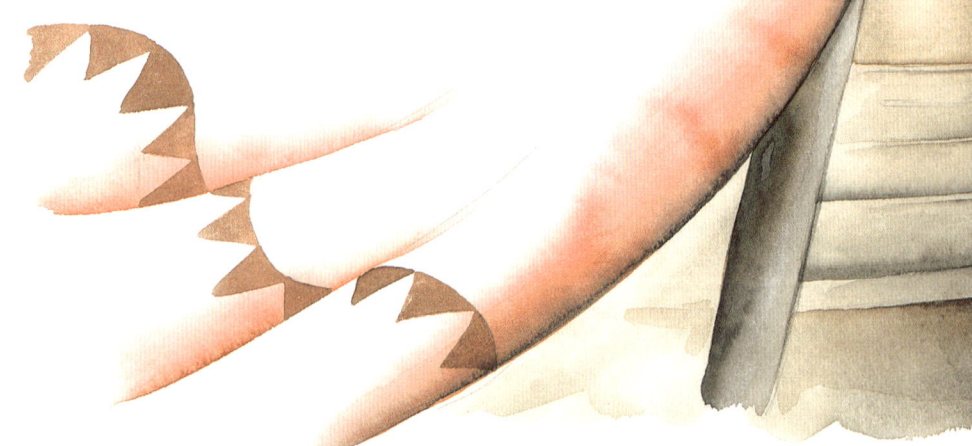

하지만 이번 경기를 주관하는 판사는 그 방식이 사람들의 흥미를 떨어뜨린다고 생각했다. 그래서 투사들이 먼저 결투를 벌인 다음 맨 마지막에 글라우코스와 올린터스의 사형을 집행하도록 순서를 정해 놓았다. 사람들은 곧 벌어질 투사들의 경기를 두고 저마다 내기를 거느라 정신이 없었다.

"올해 처음 출전하는 라이돈의 실력이 제법인가 봐."

"그럼 그 친구한테 돈을 걸어 볼까?"

"글쎄. 아무리 실력이 뛰어나도 경험이 많은 투사들을 쉽게 이길 수 있을까? 특히 에우몰퍼스는 최고의 투사가 아닌가!"

사람들은 입에 침을 튀며 돈을 걸 상대를 고르느라 정신이 없었다.

드디어 경기가 시작되었다. 제일 먼저 신참 라이돈이 경기를 벌였다. 그는 상대 투사에게 밀려서 두 번이나 넘어졌지만 의외로 쉽게 이기고 결승전에 올라갔다. 많은 사람들이 그의 이름을 부르며 환호했다. 그중에는 머리가 새하얀 메돈 노인도 끼어 있었다. 그는 바로 라이돈의 아버지였으며 노예였다. 라이돈은 돈을 모아 아버지를 자유의 몸이 되게 해 주려고 경기에 출전한 것이었다. 메돈 노인은 위험한 일이라고 말렸지만 끝내 아들의 고집을 꺾지 못했다.

'오, 주여! 저 아이를 돌봐 주소서!'

기독교인인 메돈 노인은 경기가 끝날 때까지 두 손을 모으고 마음속으로 아들을 위해 간절히 기도했다.

다행히 1차전에서 라이돈이 이겼지만 더 위험한 결승전이 남아 있었기 때문에 그는 마음을 놓을 수 없었다.

다음은 최고의 투사인 에우몰퍼스의 경기였다. 당당한 체격과 매서운 눈매를 지닌 그는 타고난 싸움꾼답게 상대를 가볍게 물리치고 결승에 올랐다. 사람들은 흥미진진한 경기에 경기장이 떠나갈 만큼 크게 함성을 질렀다.

짧은 휴식 시간을 가진 후에 곧바로 라이돈과 에우몰퍼스의 경기가 시작되었다. 라이돈은 경기에서 이기면 아버지가 자유의 몸이 되어 풀려날 만큼 큰돈을 빌 수 있었다. 그는 오직 아버지만 생각하면서 죽을 각오로 맹렬히 달려들었다. 하지만 에우몰퍼스 역시나 노련한 싸움꾼답게 전혀 밀리지 않고 오히려 라이돈을 공격해서 상처를 입혔다.

"라이돈, 그만 포기해. 내가 자네에게 상처를 살짝 입힐 테니 결투를 그만두겠다고 하게. 그러면 자네는 명예롭게 패하는 것이고 사람들도 만족해할 걸세."

라이돈이 쓰러진 틈에 에우몰퍼스가 나직이 말했다.

라이돈은 잠시 생각에 잠겼다. 그러나 그는 반드시 경기에 이겨서 아버지를 자유롭게 해 드려야 한다는 결심을 다시 한 번 하고 몸을 일으켰다. 관중석에 앉아 있던 메돈 노인은 더 이상 지켜보지 못하고 두 눈을 질끈 감아 버렸다.

라이돈은 필사적으로 에우몰퍼스에게 달려들었다. 에우몰퍼스는 일부러 살짝살짝 몸을 피했고, 라이돈은 다시 달려들었다. 그러나 신출내기 투사에게 에우몰퍼스는 너무나도 버거운 상대였다. 그는 금세 기운이 빠져서 휘청거렸고, 그 틈에 에우몰퍼스는 약간의 상처를 입혀서 상대를 쓰러뜨릴 생각으로 칼끝을 살짝 밀어 넣었다.

그런데 힘이 빠진 라이돈이 그만 앞으로 푹 고꾸라지면서 에우몰퍼스의 칼에 깊숙이 찔리고 말았다. 그는 외마디 비명과 함께 바닥에 풀썩 쓰러졌고, 에우몰퍼스는 뜻밖의 상황에 당황해서 침통한 표정을 지었다.

메돈 노인이 몸을 바르르 떨다가 쓰러지듯 고개를 떨구었다.

그것으로 경기는 끝이 났다. 사람들은 에우몰퍼스에게 환호를 보내면서도 병사들이 라이돈의 시신을 끌어 낼 때 안타까움을 감추지 못했다.

하지만 심판관이 글라우코스와 사자의 대결을 준비시키자 사람들은 다시 흥분해서 떠들어 대기 시작했다.

한편, 살러스트는 새벽녘에 겨우 잠이 들었다가 날이 환하게 밝은 후에 깨어났다. 그는 침대에서 일어나 비틀거리며 테이블 앞으로 가다가 그곳에 놓인 편지를 발견했다. 그것은 바로 전날 소시아가 주고 간 니디아의 편지였다.

"웬 편지지?"

전날 밤, 술에 잔뜩 취해서 아무것도 기억하지 못하는 살러스트는 고개를 갸웃거리며 편지를 꺼내 읽었다. 편지를 읽는 동안 그의 눈이 점점 커졌다.

"아니, 이게 도대체 어떻게 된 일이야!"

살러스트는 눈을 부릅뜨고 소리쳤다.

밖에 있던 하인이 놀라서 달려 들어왔다.

"오! 글라우코스를 구해야 해. 이렇게 중요한 편지를 이제야 보다니!"

살러스트는 가슴을 치면서 급히 하인들을 불러모았다. 그는 즉시 사형 집행을 연기하도록 요청하는 편지를 써서 관리에게 보냈다. 그리고 진실을 증언해 줄 칼레누스와 니디아를 구하기 위해 하인들을 이끌고 아르바케스의 저택으로 달려갔다.

그때 글라우코스와 올린터스는 어둠침침한 방에 갇힌 채 경기장에 끌려 나갈 시간을 기다리고 있었다. 그들은 밖에서 들리는 환호성에 서글픈 표정을 지으며 묵묵히 앉아 있었다.

"글라우코스, 네 차례다. 어서 나와!"

무거운 문이 삐걱 소리를 내며 열리더니 한 병사가 들어와서 무뚝뚝하게 말했다. 그가 손에 들고 있는 창 끝이 어둠 속에서 번득였다.

"오, 형제여! 우리 천국에서 다시 만납시다."

밖으로 나가는 글라우코스의 등 뒤에서 올린터스가 말했다. 글라우코스는 그를 향해 싱긋 웃어 보이고 나서 병사를 따라 경기장으로 나갔다. 병사는 글라우코스의 몸에 기름칠을 하고 단도를 하나 쥐여 주었다.

글라우코스는 경기장으로 나가면서 애써 담담하게 굴었다. 수많은 사람들의 시선이 한꺼번에 그에게 쏟아졌다. 그러자 그의 마음속에서는 더욱 강한 투지가 생겨났다. 그는 주먹을 불끈 쥐고 눈을 들어 사람들을 둘러보았다.

'끝까지 당당하게 보여야 해. 죽더라도 그리스인의 용기를 잃지 말자.'

그는 속으로 다짐하며 경기장 중앙의 쇠창살 속에서 어슬렁거리고 있는 사자를 노려보았다. 경기장 안은 찬물을 끼얹은 것처럼 조용했다. 사자는 어쩐지 불안해하는 눈빛을 보내고 안절부절못했다. 큰 울음소리를 내기도 했지만 그것은 위협을 한다기보다는 겁에 질린 신음으로 들렸다.

마침내 심판관이 신호를 보내자 병사가 조심스럽게 사자 우리의 문을 들어 올렸다. 사자는 사납게 으르렁거리면서 밖으로 달려 나왔고, 병사는 재빨리 경기장 밖으로 피했다.

이제 경기장에 남은 것은 사자와 글라우코스 둘뿐이었다. 글라우코스는 숨을 깊이 들이마신 다음 단도를 움켜쥔 손을 높이 쳐들었다.

'정신을 차려야 해. 잘하면 저놈의 눈을 찔러서 도망치게 할 수도 있어.'

그는 막연한 희망을 품고 서서히 걸음을 옮겼다. 사자는 경기장 한가운데 멈춰 서서 주위를 두리번거리고 있었다.

그런데 이상한 일이 벌어졌다. 며칠 동안이나 굶은 사자가 글라우코스에게 달려들 생각은 하지 않고 불안한 듯 코를 킁킁대다가 슬금슬금 뒷걸음질을 치는 것이었다. 사자는 그대로 경기장 울타리까지 달려가서는 높은 담장을 뛰어넘으려고 펄쩍거렸다. 마치 글라우코스를 보고 놀라서 달아나려는 몸짓 같았다.

"저 사자가 왜 저러지?"

구경꾼들이 웅성거리기 시작했다. 그들은 이 뜻밖의 장면을 어떻게 받아들여야 할지 몰라 입을 벌린 채 서로 마주 보았다. 당황한 심판관은 병사에게 사자를 글라우코스가 있는 쪽으로 쫓도록 했다. 하지만 사자는 계속해서 다른 쪽으로 도망치려고만 했다. 그러자 심판관도 어리둥절해서 어쩔 줄을 몰라 했다.

바로 그때였다. 누군가 경기장 입구로 달려 들어오면서 목이 터지도록 외쳤다.

"당장 멈추시오. 글라우코스는 범인이 아니오. 죄가 없단 말이오. 범인은 바로 사악한 이집트인 아르바케스이니 그를 당장 체포하시오."

그는 바로 살러스트였다. 살러스트는 숨을 몰아쉬면서 인로원 의원들이 앉아 있는 곳으로 달려갔다. 그 뒤로 칼레누스와 니디아가 뒤따라갔다. 살러스트가 하인들과 함께 아르바케스의 집에 가서 두 사람을 구출해 내자마자 경기장으로 황급히 달려온 것이었다.

사람들은 칼레누스 제관을 보고 눈이 휘둥그레졌다.

며칠 새 부쩍 야윈 칼레누스는 복수심으로 두 눈이 이글거리고 있었다.

"아파에키데스를 죽인 범인은 아르바케스요. 칼레누스 제관이 그 증인이오."

살러스트가 원로원 의원들과 관리들을 향해 소리쳤다.

"그래서 사자가 글라우코스를 공격하지 않은 거야. 사자는 그가 범인이 아니라는 것을 알고 있었던 게 분명해. 어떻게 그런 일이! 이건 기적이야."

관리 하나가 벌떡 일어나서 소리쳤다.

구경꾼들도 일제히 일어나서 신의 축복으로 기적이 일어났다며 환호했다. 관리는 흥분한 사람들을 진정시키고 칼레누스에게 차분한 목소리로 물었다.

"제관이 살해 현장을 직접 보았는가?"

"예, 저는 그날 밤에 아르바케스가 아파에키데스를 칼로 찌르는 모습을 똑똑히 보았습니다."

칼레누스가 결의에 차서 말하자 사람들은 아르바케스를 끌어내서 죽여야 한다고 입을 모았다. 성난 군중들은 곧 관중석 한쪽에 앉아 있는 아르바케스를 찾아내서 끌고 왔다.

하지만 아르바케스는 거만한 태도로 교활한 웃음을 지으며 침착하게 말했다.

"나리, 나는 너무 기가 막혀서 할 말이 없습니다. 살러스트는 글라우코스와 절친한 친구 사이인데 어째서 저자의 말만 들을 수 있으십니까? 또 칼레누스는 돈만 아는 탐욕스러운 자입니다. 며칠 전에 그자가 나에게 찾아와 재산의 반을 내놓지 않으면 나를 아파에키데스의 살인범으로 고발하겠다고 협박하더군요. 그때 나는 너무 화가 나서 저자를 지하실에 가두어 버렸습니다. 저자가 돈에 눈이 멀어서 말도 안 되는 거짓말을 꾸며 내면 나는 아무 죄도 없이 사람들의 의심을 살 테고, 그러면 이제까지 내가 쌓아 온 명성과 믿음은 한꺼번에 무너지고 말 테니까요. 나리, 나에게 정말 죄가 있다면 떳떳하게 재판을 받겠습니다. 그러니 이자들의 말만 믿고 의심부터 하지 말아 주십시오."

그의 말에 칼레누스는 기가 막히다는 듯 웃다가 사람들을 향해 외쳤다.

"나는 이시스 신전의 제관 갈레누스요. 이시스 여신에게 맹세코 내 말은 진실이오. 아르바케스는 지금 당장 사자 먹이로 던져 버려야 할 살인범이 확실하니 놓치기 전에 붙잡아야 하오."

그러자 수천 명의 사람들은 아르바케스를 잡아야 한다며 한꺼번에 일어나서 마구 뛰어 내려왔다. 경기장 안은 순식간에 아수라장이 되었다. 관리가 법에 따라 재판을 해 봐야 한다고 소리쳤지만 아무도 듣지 않았다.

아르바케스를 향해 성난 맹수처럼 달려드는 사람들을 막을 수 있는 사람은 아무도 없었다.

그런데 그때 베수비오산 꼭대기에서 세상을 뒤흔드는 듯한 폭발음과 함께 어마어마한 불기둥이 솟아올랐다.

불기둥은 하늘 높이 올라가더니 마치 불꽃놀이를 하는 것처럼 사방으로 튀었다. 동시에 시커먼 재가 하늘을 뒤덮어서 순식간에 주위가 컴컴해졌다.

아주 짧은 시간, 경기장 안에 무서운 침묵이 흘렀다.

"화산이 폭발했다!"

"잠들었던 불의 마녀가 악마의 손길을 뻗쳤다!"

사람들은 비명을 지르며 정신없이 달아나기 시작했다. 쇠창살 안에 갇힌 맹수들은 무섭게 울부짖었고, 사람들은 한꺼번에 경기장 출구로 몰려가느라 여기저기서 아우성을 쳤다. 이제 사람들은 재판이고 싸움이고 아무것에도 관심이 없었다. 오직 살기 위해 죽을힘을 다해 달릴 뿐이었다.

그 사이 불기둥은 더욱더 사나운 기세로 솟아오르고 있었다.

아르바케스의 최후

"글라우코스 님, 이렇게 살아나시다니 정말 꿈만 같아요."

마침내 글라우코스와 마주 서게 된 니디아가 감격에 차서 말했다.

"니디아, 고마워. 네 덕분에 살았어."

글라우코스는 진심으로 고마워했다. 두 사람은 다시 만난 기쁨을 나누며 잠시 동안 환하게 웃었다.

그때 다시 화산이 엄청난 소리와 함께 폭발하고 땅이 마구 뒤흔들렸다. 사람들은 더 크게 비명을 지르며 달아났고, 병사들도 앞다투어 달아나느라 정신이 없었다.

"참, 올린터스가 아직 갇혀 있을 텐데."

글라우코스는 문득 그 생각을 해내고 니디아와 함께 재빨리 달려갔다.

올린터스는 무릎을 꿇고 앉아 열심히 기도를 하고 있었다.

"올린터스 씨, 어서 나오세요. 빨리 달아나야 해요."

글라우코스는 문을 열어 주고 소리쳤다.

올린터스는 눈을 크게 뜨고 일어나 밖으로 나오면서 말했다.

"오, 주님이 내게 구원의 손길을 뻗어 주셨어요."

세 사람은 어두운 복도를 지나 서둘러 달려갔다. 그런데 중간쯤에서 죽은 아들의 시신을 끌어안고 서럽게 울고 있는 메돈 노인을 만났다. 그는 손을 모은 채 간절히 기도를 하면서 눈물을 펑펑 쏟고 있었다.

"메돈 씨, 이곳은 위험해요. 어서 나가야 해요. 아드님은 이미 죽었어요. 메돈 씨까지 위험해지기 전에 빨리 일어나세요."

올린터스가 메돈 노인을 잡아 일으키려 했다. 하지만 그는 꼼짝도 하지 않았다.

"아니, 난 가지 않겠소. 아무도 내 아들과 나를 떼어 놓지 못할 거요."

그는 고집스럽게 말하며 아들의 시신을 끌어안았다. 올린터스는 잠깐 생각에 잠겼다가 그 옆에 나란히 앉아 메돈 노인과 함께

기도를 하기 시작했다.

그 모습에 글라우코스도 공연히 가슴이 뭉클했다.

그때 니디아가 그의 소매를 잡아끌며 말했다.

"글라우코스 님, 이오네 아가씨가 아르바케스의 저택에 잡혀 있어요. 빨리 가서 구해 드려야 해요."

그 말에 글라우코스는 깜짝 놀라 니디아의 손을 잡고 밖으로 달려 나갔다.

"올린터스 씨, 어서 밖으로 나오세요."

그가 달려가면서 큰 소리로 외쳤지만 올린터스와 메돈 노인은 들은 체도 하지 않고 기도하는 데만 매달렸다.

글라우코스는 두 사람을 걱정스러운 눈으로 바라보다가 고개를 돌리고 내달렸다. 니디아는 그의 손에 이끌려 허둥지둥 뒤따라갔다. 그녀는 이오네를 위해 미친 듯이 달려가는 글라우코스를 생각하면서 또다시 질투심에 몸을 떨었다. 아무리 고개를 흔들면서 떨쳐 내려 해도 이오네에 대한 질투는 사그라지지 않았다. 그녀는 글라우코스에게 터무니없는 사랑의 감정을 품고 있는 자신에게 자꾸만 화가 치밀어 올라 몹시 괴로웠다.

글라우코스는 니디아를 문밖에 세워 두고 한달음에 저택으로 뛰어 들어가서 이오네를 찾아 안고 나왔다. 이오네는 정신을 잃고 기절해 있다가 곧 깨어났다. 두 사람은 서로의 얼굴을 어루만지며 기쁨의 눈물을 흘렸다. 이오네는 글라우코스가 살인범이 아니라는 사실에 무엇보다 기뻐했다.

그 사이에도 건물은 쉴 새 없이 흔들리고, 주위는 점점 더 어두워졌으며, 불기둥은 계속해서 무섭게 솟아올랐다. 하늘이 새까만데다 검은 재가 온통 뒤덮어서 걸음을 옮기기도 힘들 지경이었다.

"절 따라오세요."

니디아가 앞장서서 두 사람을 안내했다. 눈이 먼 그녀는 늘 감각으로 길을 찾아다녔기 때문에 어디로 가야 할지 정확히 알고 있었다. 세 사람은 바닷가에 나가서 배를 타기로 하고 걸음을 서둘렀다. 그들이 저택을 막 벗어나고 있을 때 아르바케스가 옆으로 지나갔다. 하지만 모두들 시커먼 재로 뒤덮여서 서로 알아보지 못한 채 지나쳤다.

아르바케스는 재물을 챙겨 이오네를 데리고 떠나기 위해 급히 집으로 가는 길이었다.

같은 시간, 칼레누스는 선술집의 버보와 함께 이시스 신전으로 달려갔다.

"칼레누스, 지금이야말로 한밑천 두둑이 챙길 수 있는 절호의

기회야. 신전에는 황금도 있고, 재물도 많이 있잖아. 빨리 그것들을 챙겨서 바닷가에 나가 배를 타면 돼. 지금은 다들 정신이 없어서 우리가 도둑질을 해도 아무도 신경 쓰지 않을 거야."

"좋아. 대신 훔쳐 낸 재물은 똑같이 반으로 나눠야 해."

두 사람은 이런 말을 주고받으며 신전 안쪽에 있는 방으로 들어갔다. 방 안의 비밀 통로로 들어가면 재물을 모아 놓은 곳이 있었다. 그런데 두 사람이 방에 들어가자마자 베수비오산에서는 불과 돌에 이어 펄펄 끓는 물이 한꺼번에 뿜어져 나왔다. 물은 뜨거운 재와 범벅이 되어 온 시내를 뒤덮었고, 이시스 신전의 제단 위에도 와르르 쏟아졌다.

사방에서는 지옥과 같은 아우성이 넘쳐났다.

"안 되겠어. 뭔가 심상치 않아. 우리 그냥 돌아가세."

버보가 겁에 질려서 중얼거렸다.

"따라오기 싫으면 그만둬. 나 혼자 차지하면 되니까."

칼레누스는 들은 체도 하지 않고 비밀 통로로 뛰어 들어갔다. 버보가 문 앞에서 주춤거리며 우왕좌왕하는 동안 칼레누스는 보물 창고로 들어가서 돈과 재물을 닥치는 대로 주머니에 쑤셔 넣고, 허리에 차고, 어깨에도 둘러메고 나왔다. 그는 버보의 일 따위는 신경도 쓰지 않고 혼자 밖으로 달려 나갔다. 그 모습을 본 버보도 허겁지겁 달려 나갔다. 하지만 그가 미처 신전을 빠져나가기도 전에 커다란 불덩어리가 그의 발 앞에 떨어졌다. 그는 비명을 지르며 바닥에 털썩 주저앉아 버렸다.

한편 노름꾼 클로디어스도 허겁지겁 도망을 치고 있었다. 그가 헤르쿨라네움 쪽으로 가고 있을 때 어떤 노인이 길가에 넘어진 채 도움을 청했다. 그는 율리아의 아버지 디오메드였다.

"이봐 젊은이, 날 좀 도와줘. 넘어져서 다리를 다쳤는데 하인들이 날 버리고 다 도망치는 바람에 꼼짝도 못 하고 있어."

클로디어스는 디오메드를 알아보았지만 냉정하게 말했다.

"나 혼자 도망치기도 바쁜데 언제 영감을 도와줄 수 있겠소?"

"아, 이제 보니 자네는 클로디어스로군. 이보게, 나와 같이 우리 집 지하실로 피난을 가세. 그곳은 불비가 아니라 벼락이 쳐도 끄떡없을 만큼 안전한 곳이라네. 먹을 것만 충분히 가지고 들어가면 얼마든지 견딜 수 있어."

디오메드가 다급하게 말했다.

그러자 클로디어스도 고개를 끄덕였다.

"그게 정말인가요? 그럼 당장 갑시다."

클로디어스는 디오메드를 일으켜 세워 주고 그의 집으로 갔다. 마침 바람이 잠잠해서 길을 분간하기가 훨씬 쉬웠다. 그들

은 재빨리 걸어서 디오메드의 저택 지하실로 들어갔다. 그곳에는 율리아와 그 집의 노예들, 그리고 가까운 이웃 사람들까지 빽빽하게 모여 있었다.

"우린 이제 안전해."

디오메드가 하인들이 그득하게 날라 온 음식을 보며 말했다.

밖에서는 불비가 잠시도 멈추지 않고 계속해서 내렸으며, 발 밑에서는 땅이 흔들리고 멀리 바다에서는 파도가 무섭게 덮치는 소리가 들렸다. 이제 폼페이 시는 전체가 커다란 지옥으로 변해 있었다. 그 속에서 글라우코스는 이오네와 니디아를 데리고 바닷가를 향해 힘겹게 걸어갔다.

그런데 바다로 가는 수백 명의 사람들이 한꺼번에 몰러들어 그들의 곁을 지나갔다. 그 바람에 니디아가 사람들에게 밀려 어디론가 사라졌다. 글라우코스와 이오네는 간신히 사람들 사이를 빠져나와 주위를 두리번거리며 니디아를 찾았다. 하지만 어디에서도 그녀의 흔적을 찾을 수 없었다.

두 사람은 어둠 속에서 길을 안내해 주던 니디아가 없어지자 어떻게 해야 할지 몰라 우두커니 서 있었다. 어디로 어떻게 가야 할지 막막하기만 했다. 더군다나 이오네는 몹시 지친데다 여기저기 상처를 입어서 더 이상 걷기도 힘든 상태였다.

"글라우코스 님, 전 안 되겠어요. 절 그냥 두고 혼자 가세요."

이오네가 눈물을 글썽거리며 말했다.

"그게 무슨 말이오? 나 혼자 살아서 뭐 하겠소? 죽는 순간까지 당신과 함께할 테니 다신 그런 말 하지 마시오."

글라우코스는 이오네를 부축해서 힘겹게 앞으로 나아갔다. 그들이 겨우겨우 어느 신전 앞까지 갔을 때 제단 위에 높이 올라가 있는 올린터스가 보였다. 올린터스는 검은 재를 덮어쓴 채 사람들을 향해 소리치고 있었다.

"여러분, 우리가 이런 재앙을 맞은 것은 주님께서 세상을 심판하시기 때문이니 모두들 회개하고 그리스도를 믿으시오."

그의 옆에서 여러 명의 기독교인들이 천천히 행진을 했다. 글라우코스와 이오네는 그 모습을 잠깐 바라보다가 다시 걸음을 재촉했다.

성난 화산에서는 폭발음이 계속해서 울려 퍼졌고, 그 메아리는 소름이 오싹 끼칠 만큼 무시무시했다. 이따금 회오리바람이 한번씩 휘몰아칠 때면 화산재와 함께 매캐한 냄새가 몰려와서 숨도 제대로 쉬지 못할 지경이었다.

글라우코스는 점점 더 힘을 잃어 가는 이오네를 데리고 간신히 바닷가 가까이까지 갔다. 그 무렵, 잠시 동안 바람이 멎고 재도 날리지 않았다. 곧 더 큰 폭발을 준비하기 위해 숨을 고르는 모양이었다. 글라우코스는 걸음을 더욱 재촉했다.

얼마쯤 더 갔을 때, 조금 앞쪽에서 어떤 남자가 횃불을 높이 쳐들고 하인들에게 소리쳤다.

"바닷가에 거의 다 왔다. 나와 함께 배까지 무사히 가는 자에게는 자유를 줄 것이다. 어서 힘을 내라."

그 남자를 쳐다보던 글라우코스의 눈이 한순간 커다래졌다. 그는 바로 아르바케스였다. 아르바케스도 글라우코스를 알아보고 천천히 다가왔다.

"오, 글라우코스! 잘 만났다. 감히 이오네를 데리고 도망치다니 용서할 수 없어. 당장 이오네를 내놔라!"

"야비한 살인사! 이오네에 손가락 하나라도 까딱하면 네놈을 살려 두지 않을 것이다."

글라우코스가 소리치는 순간 불빛이 번쩍하더니 베수비오산에서 어마어마하게 큰 불덩이가 솟아올랐다. 그와 동시에 산이 양쪽으로 쩍 갈라지는 것처럼 보였다. 붉은 물이 골짜기를 향해 콸콸 넘쳐흘렀고, 분화구에서는 용암이 미친 듯이 솟아올랐다. 사람들이 겁에 질려서 소리를 빽빽 지르며 얼굴을 가렸다.

하지만 글라우코스와 아르바케스는 서로를 날카롭게 쏘아보며 굳은 듯이 서 있었다.

"이놈들아, 뭘 하고 있는 거야? 어서 저 그리스놈한테 달려들어서 뭉개 버리고 이오네를 데려와!"

아르바케스가 칼을 높이 쳐들고 외쳤지만 겁에 질린 노예들은 머뭇거리며 서 있을 뿐이었다.

글라우코스는 경기장에서 사자와 싸우기 전에 받았던 단검을 뽑아 들고 아르바케스를 노려보았다.

아르바케스는 노예들에게 마구 욕을 퍼부으며 자신이 직접 앞으로 나왔다.

그런데 그가 한 걸음 내딛는 순간 굉장한 지진이 일어나 땅 위에 있는 모든 것들이 요동치기 시작했다. 이오네가 비명을 지르며 정신을 잃었고, 글라우코스는 급히 그녀를 안았다. 한동안 대지가 요동치다가 겨우 진정되었을 때 글라우코스는 대리석 기둥 밑에 깔려 죽어 있는 아르바케스를 발견했다. 아르바케스의 흉측한 얼굴은 끔찍하게 일그러져 있었다.

세상 사람들을 속이며 자신만의 제국을 세울 꿈을 꾸던 이집트인은 그렇게 비참한 최후를 맞이했다.

마침내 바다로

사람들에게 떠밀려서 글라우코스와 이오네를 잃어버린 니디아는 절박하게 두 사람을 찾아다녔지만 아무 소용이 없었다. 그녀는 만나는 사람마다 붙잡고 두 사람의 소식을 물었지만 아무도 그녀의 말에 귀를 기울여 주지 않았다.

"그래. 바닷가로 가 보자. 두 분도 그쪽으로 오신다면 만날 수 있을 거야."

니디아는 지팡이로 길을 더듬으며 힘겹게 바닷가를 향해 걸어갔다. 가는 길에 운 좋게도 살러스트를 만났다. 살러스트가 횃불을 들고 달려가다가 니디아를 먼저 발견하고 다가왔다.

"오, 니디아! 너도 바닷가로 가는 모양이구나. 내가 같이 데려가마. 어디 다친 데는 없느냐?”

살러스트는 친절하게 니디아를 보살피며 손을 잡고 함께 걸어 갔다. 두 사람이 거리를 벗어나서 항구로 접어들었을 때 갑자기 홍수 같은 용암이 온 세상을 뒤흔드는 지진과 함께 덮쳐 왔다.

사람들은 깜짝 놀라서 한꺼번에 우뚝 멈춰 섰다.

“세상의 종말이 왔습니다!”

“회개하고 그리스도를 믿으세요.”

기독교인들이 사람들 사이로 줄지어 다니며 외치고 있었다. 몇몇 사람들이 그들의 말을 따라 하기 시작했다.

니디아와 살러스트가 서 있는 곳에는 점점 더 많은 사람들이 몰려들었다. 바닷가로 오던 사람들이 모두 그곳에서 걸음을 멈춘 탓이었다. 그중에는 아르바케스의 노예들도 섞여 있었다. 소시아가 횃불을 높이 들고 다른 노예들과 함께 몰려왔다.

“아니, 니디아 아니냐?”

그가 불빛 아래에서 니디아를 발견하고 큰 소리로 말했다.

“아, 소시아 씨로군요. 혹시 오는 길에 글라우코스 님과 이오 네 아가씨를 못 보셨나요?”

니디아는 가냘픈 목소리로 물었다.

“그분들이라면 봤지. 시장의 어느 문 아래 웅크리고 앉아 있던

데 죽지나 않았는지 모르겠구나."

그 말을 듣자마자 니디아는 살러스트를 남겨 두고 정신없이 시장으로 달려갔다. 그녀는 글라우코스의 이름을 크게 부르며 시장을 뒤지고 다녔다. 그렇게 얼마쯤 돌아다녔을 때였다.

"니디아! 오, 니디아! 무사했구나."

글라우코스가 비틀거리며 걸어와서 니디아의 팔을 잡고 말했다. 그의 따스한 목소리에 니디아는 가슴이 뭉클해서 자기도 모르게 눈물을 주르륵 흘렸다.

글라우코스는 이오네를 부축해서 니디아의 뒤를 따라나섰다. 니디아는 놀라울 만큼 빠른 걸음으로 바닷가를 향해 갔다. 바닷가에는 배를 타려고 몰려온 사람들이 잔뜩 모여 있었다. 세 사람도 그 틈에 끼여 목을 길게 빼고 배가 있는 곳을 살폈다. 그때였다.

"글라우코스, 여기야. 어서 이 배에 오르게."

살러스트가 자신의 배 위에서 목청껏 외쳤다.

세 사람은 신의 은총이라도 받은 듯 감격한 표정으로 재빨리 배에 올랐다. 배에 오르자 이오네는 녹초가 되어 그대로 잠이 들었고, 니디아도 그녀의 발치에 누워 잠이 들었다.

그들이 탄 배는 천천히 항구를 벗어나기 시작했다. 그동안에

도 계속해서 화산재가 바람을 타고 날아왔다. 배는 폐허가 된 폼페이 시에서 차츰 멀어져 갔다.

이튿날 먼동이 틀 무렵, 배는 평화로운 어느 항구를 향해 서서히 다가가고 있었다. 배에 타고 있는 사람들은 대부분 지칠 대로 지쳐서 깊은 잠에 빠져 있었다. 잠이 깬 사람들은 조용히 감사 기도를 드릴 뿐 환호성을 지르거나 들뜬 얼굴로 돌아다니지도 않았다. 사실 너무 지쳐서 그럴 힘도 남아 있지 않았다.

가장 먼저 잠에서 깬 니디아는 부스스 일어나 앉았다. 그러고는 쓸쓸한 표정으로 글라우코스의 이마에 가볍게 입을 맞추고 나서 그의 손을 더듬어 찾았다. 그는 이오네와 손을 꼭 잡은 채 잠들어 있었다. 니디아는 슬픔에 잠겨 긴 한숨을 내쉬었다. 그녀는 글라우코스의 이마에 한 번 더 입을 맞추고 나서 조용한 목소리로 말했다.

"글라우코스 님, 이오네 아가씨와 부디 행복하게 잘 사세요. 가끔 제 생각도 한 번씩 해 주시고요. 전 이제 이 세상에서 살 필요가 없는 사람이 되었어요. 그러니 떠나는 게 당연해요."

니디아는 눈물을 줄줄 흘리며 갑판 위로 천천히 기어 올라갔다. 그녀는 바람에 흩날리는 머리카락을 한 번 쓸어 넘기고 나서 하늘을 향해 고개를 들었다. 그리고 잠시 후, 바다로 풍덩 뛰어들었다. 선원 하나가 잠결에 물이 첨벙하는 소리를 들었지만 대수롭지 않게 여기고 다시 꿈속으로 빠져들었다.

한나절이 되어서야 잠이 깬 글라우코스와 이오네는 니디아가 없어진 것을 알고 배 안을 샅샅이 뒤졌다. 하지만 어디에서도 그녀를 찾을 수 없었다. 두 사람은 목이 메어 아무 말도 하지 못하고 가엾은 니디아를 생각하며 눈물만 흘렸다.

그 후의 이야기

폼페이가 멸망한 지도 어느덧 10년이 지났다. 글라우코스는 이오네와 결혼한 뒤 아테네에서 행복하게 살고 있었다. 하지만 두 사람은 여전히 니디이를 잊지 못했다. 그들은 니디아의 영혼을 위로하기 위해 무덤을 만들고 묘비도 세워 주었다. 이오네는 하루도 빠짐없이 꽃다발을 만들어 묘비 앞에 놓아 주었다.

글라우코스의 친구 살러스트는 로마에서 살았다. 그는 곧잘 편지를 보내 글라우코스와 이오네를 로마로 초대하고 싶다는 뜻을 전하곤 했다. 하지만 글라우코스는 언제나 거절하고 대신 살러스트를 아데네로 초대하겠다고 했다. 그는 이제 예전처럼 화려한 생활을 즐기지 않았다.

폼페이 최후의 날을 겪은 뒤로 그의 마음이 많이 달라졌기 때문이었다. 그는 로마처럼 번화하고 복잡한 대도시에 다시는 발을 들여놓고 싶지 않았다. 또 그 무렵, 글라우코스는 기독교에 깊이 빠져 있었다. 로마에서도 기독교가 널리 퍼지고 있었다. 글라우코스는 기독교야말로 이 세상에 빛을 던져 주는 참된 종교라고 믿으며 경건한 마음으로 하루하루를 지냈다. 살러스트는 화려한 연회를 여는 일도 없고 사치스러운 옷을 입지도 않으며 떠들썩한 경기장에도 가지 않는 그를 측은하게 여겼지만 글라우코스는 세상 그 누구보다 행복했다.

　그 후, 1700년이라는 긴 세월이 흘렀다. 그동안 커다란 무덤처럼 변했던 폼페이가 긴 침묵을 깨고 흉한 모습을 드러냈다. 발굴 당시 많은 건물과 살림살이들이 원래의 모습을 그대로 간직하고 있었으며, 그곳에서 살던 사람들의 뼈가 사방에 흩어져 있었다.

　디오메드의 저택 지하실의 출입문 바로 앞에서 열두 개의 해골이 발견되었다. 뜨거운 용암이 지하실 입구로 밀려드는 바람에 모두 질식해서 죽은 것이었다.

　디오메드의 유골은 정원에서 발견되었다. 그의 곁에는 돈이 가득 담긴 자루가 함께 놓여 있었다. 겨우 돈을 챙겨서 밖으로 도망치다가 용암이 덮쳐 죽은 듯했다.

이시스 신전의 구석진 방에서는 큰 해골이 한 개 발견되었는데 그 옆에 커다란 도끼 한 자루가 있었다. 그리고 길거리 한복판에서 발견된 많은 해골들 중 하나의 곁에서는 돈과 보물이 무더기로 발견되었다. 그것들은 도끼로 빠져나갈 구멍을 뚫느라 갖은 애를 쓰다 죽은 버보와 재물을 있는 대로 챙겨서 달아나다 죽은 칼레누스의 유골이었다.

커다란 대리석 기둥에 깔려 죽은 사람들의 유골도 발견되었다. 그중에는 아르바케스의 해골도 섞여 있었다.

폼페이는 이 세상에서 영원히 사라진 도시였다. 하지만 후세의 많은 로마인들은 그 이름을 결코 잊지 못했다.

세계명작시리즈와 함께 논리·논술 Level Up!

● 이해 능력 Level Up!

1. 다음은 이 작품에 등장하는 주요 인물들입니다. 다음 중에서 '조국'과 관련하여 처지가 다른 한 사람은 누구입니까?

   1) 니디아   2) 글라우코스
   3) 아르바케스   4) 클로디어스   5) 이오네

2. 다음은 클로디어스와 글라우코스의 대화입니다. 잘 읽은 뒤 두 사람의 생각을 설명한 내용으로 바르지 않은 것을 찾아보세요.

> "내가 볼 때 율리아는 최고의 신붓감이야. 미모와 돈 두 가지를 모두 가진 아가씨가 어디 그리 흔한가? 사실은 자네도 율리아한테 관심이 있지?"
> 바닷가를 지날 때 클로디어스가 불쑥 말했다.
> "율리아는 미모와 돈을 가졌을지 몰라도 배운 건 별로 없어. 학문에 대한 열정이나 교양이 부족하단 말일세. 내가 마음에 품고 있는 여인은 따로 있으니 앞으로 농담이라도 그런 얘기는 하지 말게."

   1) 율리아는 미모는 뛰어나지만 교양이 부족하다.
   2) 클로디어스는 율리아가 돈이 많아서 좋아한다.
   3) 글라우코스는 율리아한테 별로 관심이 없다.
   4) 클로디어스와 글라우코스는 여성관이 크게 다르다.
   5) 글라우코스는 클로디어스에게 진심을 숨기고 있다.

3. 다음은 아르바케스에 대한 설명입니다. 잘 읽고 알맞은 내용을 골라 보세요.

    1) 그가 이시스를 믿는 것은 참된 신앙이다.
    2) 그리스인과 로마인을 존경하고 있다.
    3) 이오네 남매를 진심으로 보살피고 있다.
    4) 이오네 때문에 글라우코스를 증오하는 인물이다.
    5) 돈과 쾌락보다는 교양을 좋아하는 인물이다.

4. 다음은 칼레누스가 선술집 주인 버보와 니디아에 대해 나눈 이야기입니다. 이 글 속에 숨어 있는 버보의 진심은 무엇일까요?

> "니디아의 노래 솜씨와 악기 연주 솜씨가 제법이더군. 아르바케스 씨가 기분이 좋아서 돈을 조금 더 넣었을 거야."
> 칼레누스의 말에 버보는 만족한 듯 웃으며 돈주머니를 열고 돈을 세어 보았다. 돈을 확인하고 나서 버보는 낄낄대면서 말했다.
> "니디아는 우리한테 돈이 주렁주렁 열리는 돈나무 같은 아이라네."

    1) 니디아의 예술적인 재능을 높이 평가하고 있다.
    2) 니디아를 돈벌이 수단으로 여길 뿐이다.
    3) 니디아가 더 많이 공부하기를 바라고 있다.
    4) 니디아를 식구처럼 여긴다.
    5) 언젠가는 니디아에게 돈을 나눠 주려고 한다.

5. 글라우코스를 오해하고 있던 이오네의 마음을 풀어 준 것은 무엇

입니까?

1) 반지　　　　　2) 맹세의 칼　　　　3) 편지
4) 옷　　　　　　5) 목걸이

6. 아르바케스의 속임수에 빠져 위험에 처했던 이오네를 도운 자연
　 현상은 무엇인가요?

1) 태풍　　　　　2) 번개　　　　　　3) 지진
4) 안개　　　　　5) 파도

7. 다음 글에 나타난 니디아의 마음은 어떤 것일까요?

이오네는 아파에키데스의 일을 모두 잊은 듯 큰 소리로 웃으며 즐거워했다. 글라우코스도 그녀의 모습을 보며 기뻐했다. 하지만 두 사람의 웃음소리가 커질수록 니디아의 얼굴은 어두워졌다. 그녀는 두 사람의 행복을 빌면서도 마음 한쪽에서 솟아나는 슬픔을 감추지 못했다.
"아! 글라우코스 님!"
니디아는 마음 깊숙한 곳에 자리잡고 있는 글라우코스의 이름을 가만히 불러 보았다.

1) 니디아는 이오네를 몹쓸 여자로 보고 있다.
2) 니디아는 글라우코스를 몰래 사랑하고 있다.
3) 자신의 사랑을 받아 주지 않는 글라우코스를 미워하고 있다.

4) 글라우코스와 이오네가 불행해지기를 바라고 있다.

5) 글라우코스와 헤어질까 봐 두려워하고 있다.

8. 율리아가 가지고 있던 사랑의 묘약을 훔친 사람은 누구입니까?

1) 아르바케스   2) 이오네   3) 니디아

4) 버보   5) 클로디어스

9. 아르바케스가 글라우코스에게 살인죄를 뒤집어씌우는 장면을 목격한 인물은 누구입니까?

1) 디오메드   2) 율리아   3) 지역 판사

4) 칼레누스   5) 이오네

10. 다음 장면에 대한 설명으로 알맞은 것은 무엇일까요?

"아, 지금 신령님이 오셨어요. 어서 물그릇을 상 위에 올려놓으세요. 그리고 당신은 수건으로 눈을 가리도록 해요. 그래야 신령님이 편하게 들어오실 수 있어요."
"그래, 그래. 점을 칠 때는 곧잘 그렇게 하더군. 전에 본 적이 있어."
소시아는 아무런 의심도 없이 니디아가 시키는 대로 했다.

1) 살기 힘들어진 니디아가 점을 치는 일을 하고 있다.

2) 소시아는 니디아를 좋아하고 있다.

3) 니디아가 가짜 점으로 도망치려고 한다.

4) 니디아가 자기 점 솜씨를 뽐내고 있다.

5) 감옥 안이 심심해서 장난을 즐기고 있다.

11. 다음은 니디아가 보낸 편지를 외면하는 살러스트의 모습입니다. 매우 급박한 상황인데도 살러스트가 다음과 같이 행동한 까닭은 무엇일까요?

> "어떤 아가씨가 나리께 이 편지를 꼭 전해 드리라고 해서 왔습니다."
> 소시아는 편지를 탁자 위에 내려놓으며 말했다.
> "흥, 어떤 아가씨가 보낸 편지라고? 친구가 죽는 마당에 그까짓 연애 편지나 읽으란 말이야?"
> 살러스트는 흥분해서 소리를 꽥 질렀다.

1) 정말로 연애 편지인 줄 알고 있기 때문이다.
2) 살러스트는 본래 침착하지 못하기 때문이다.
3) 살러스트는 여자들한테 인기가 많기 때문이다.
4) 조금 있으면 목숨을 잃을 친구 글라우코스 때문에 제정신이 아니기 때문이다.
5) 다른 일 때문에 화가 많이 나 있기 때문이다.

12. 마녀가 아르바케스에게 화산이 폭발할 것이라고 경고하면서 당장 폼페이를 떠나라고 했습니다. 그러나 아르바케스는 그 말을 따르지 않았습니다. 아르바케스가 그렇게 행동한 까닭으로 알맞지 않은 것은 무엇일까요?

1) 글라우코스가 죽는 장면을 보고 싶었기 때문이다.
2) 아직 여유가 있다고 생각했기 때문이다.

3) 마녀의 말을 거짓으로 여겼기 때문이다.

4) 피신할 준비를 미리 다 해 놓고 있었기 때문이다.

5) 며칠 뒤 이오네를 데리고 떠나야겠다고 생각했기 때문이다.

13. 다음은 경기장에 사자가 죄수를 공격하도록 풀어놓았을 때 일어난 일입니다. 이 글에 나타난 사자의 행동을 어떻게 이해해야 할까요?

> 그런데 이상한 일이 벌어졌다. 며칠 동안이나 굶은 사자가 글라우코스에게 달려들 생각은 하지 않고 불안한 듯 코를 킁킁대다가 슬금슬금 뒷걸음질을 치는 것이었다. 사자는 그대로 경기장 울타리까지 달려가서는 높은 담장을 뛰어넘으려는 듯 펄쩍거렸다.

1) 사자가 너무 굶어서 제정신이 아니다.

2) 사사는 글라우코스를 겁내고 있다.

3) 본래 겁쟁이 시자다.

4) 사자가 본능적으로 화산 폭발을 감지한 행동이다.

5) 사자는 초원을 그리워하고 있다.

14. 아르바케스는 어떤 최후를 맞이했나요?

1) 사자밥이 되었다.

2) 사람들에게 사로잡혀 죽었다.

3) 글라우코스의 칼을 맞았다.

4) 지진 때문에 죽었다.

5) 스스로 목숨을 끊었다.

1. 글라우코스는 빼어난 외모와 많은 재산을 가지고 있습니다. 게다가 학문과 예술, 교양에 대한 관심도 큰 젊은이입니다. 그런 그가 그리스인으로서 뼈저리게 느끼는 슬픔은 무엇입니까?

2. 다음은 아르바케스와 아파에키데스의 대화입니다. 여기에서 '신전의 비밀'은 어떤 내용인가요?

"왜 나를 피하려고 하는 건가? 나는 자네가 훌륭한 제관이 될 수 있다고 믿었기 때문에 신전의 비밀을 모두 알려 주었네."
아르바케스가 애써 차분하게 말했다. 하지만 아파에키데스는 매섭게 그를 노려볼 뿐이었다.
"신전의 비밀이라고요? 그건 사기일 뿐이에요."

3. 다음은 아르바케스와 율리아가 나누는 대화입니다. 둘이 글라우
   코스에 대해서 각각 어떤 생각을 품고 있었는지 간추려서 정리해
   보세요.

"오, 아르바케스 씨! 당신의 높은 명성은 일
찍이 들어 왔어요. 당신이 가진 높은 학문과
신통한 마력으로 저를 좀 도와 주세요."
"아름다운 아가씨가 저를 칭찬하시니 부끄럽
군요. 대체 무슨 어려움을 겪고 계시기에 저
같은 사람한테 도움을 청하시는 건가요?"
아르바케스는 어깨를 으쓱하며 물었다.

4. 아르바케스는 아파에키데스를 이시스의 제관으로 끌어들이기 위
   해 어떤 방법을 썼나요?

5. 다음은 폼페이 사람들이 기독교 신자인 올린터스를 저주하는 대사 중의 하나입니다. 내용을 읽은 뒤 폼페이 사람들과 기독교인들의 삶의 방식에 어떤 차이점이 있는지 써 보세요.

> "저자들은 절대로 보석을 몸에 지니지 않는대. 기도를 할 때 제물을 바치지도 않는다네. 다들 정신이 나간 거지. 그럼 신이 뭘 보고 소원을 들어 주겠나? 게다가 우리가 즐기면서 사는 것도 다 잘못이라고 하니 도대체 인생을 무슨 재미로 살란 말이야!"

6. 글라우코스가 아파에키데스를 죽인 살인자 누명을 쓰게 되는 과정을 간추려서 정리해 보세요.

7. 다음 글을 읽어 본 뒤에 칼레누스는 어떤 성격의 인물인지 말해 보세요.

> 그 무렵, 길레누스가 아르바케스를 찾아왔디. 그는 아르바케스에게 자신이 모든 비밀을 알고 있다는 사실을 털어놓고 입을 다무는 조건으로 한밑천 두둑하게 뜯어내야겠다는 생각을 하고 있었다.

8. 니디아가 율리아의 사랑의 묘약을 몰래 훔친 까닭은 무엇인가요?

9. 다음은 글라우코스의 사형 장면을 보러 가던 아르바케스의 생각입니다. 내용으로 보아 아르바케스가 폼페이 사람들의 어떤 면을 비난하고 있는지 써 보세요.

세상을 뒤흔들 것처럼 사나운 사자의 울음소리가 터져 나오곤 했다. 사람들은 그 소리에 움찔하면서도 신이 나서 웃어 댔다. 아르바케스는 그들의 모습을 보면서 갑자기 소름이 끼쳤다.
'흥, 나는 나 자신을 위해서 살인을 했어. 그런데 사람이 맹수에게 물어뜯겨 잔인하게 죽는 꼴을 보면서 즐기려는 너희들은 뭐야? 너희들도 살인자나 마찬가지 아닌가?'

10. 다음 글을 읽어 보세요. 그런 뒤에 '욕심'이란 낱말과 연결시켜서
    밑줄 친 것이 누구의 뼈인지 논리 있게 써 보세요.

그 후, 1700년이라는 긴 세월이 흘렀다. 그동안
커다란 무덤처럼 변했던 폼페이가 긴 침묵을 깨
고 흉한 모습을 드러냈다. 발굴 당시, 많은 건물
과 살림살이들이 원래의 모습을 그대로 간직하고
있었으며, 그곳에서 살던 사람들의 뼈가 사방에
흩어져 있었다.

1. 로마의 귀족 청년인 클로디어스와 그리스 청년 글라우코스는 결혼할 여성에 대한 판단 기준이 크게 다릅니다. 두 사람의 생각이 어떻게 다른지 쓰고, 여러분은 어느 쪽의 의견에 찬성하는지도 함께 적어 보세요.

2. 다음 글을 읽고 글라우코스의 행동을 안중근 의사나 윤봉길 의사
　에 견주어서 비판해 보세요.

> 글라우코스는 부러울 것이 없는 환경을 타고났지만 나라를 빼앗겨 로
> 마의 식민지가 되었다는 사실에 큰 고통을 느끼고 있었다. 그래서 한
> 곳에 마음을 붙이지 못하고 이곳저곳 돌아다니며 여행을 하고, 틈만
> 나면 연회를 열어 그럴듯한 사람들과 어울리며 술을 마시거나 노름을
> 하며 시간을 보냈다. 그 모든 것은 그가 나라 없는 국민의 서글픔을
> 달래는 방법이었다.

3. 이오네, 니디아, 율리아 세 여인은 모두 글라우코스를 사랑합니다. 그 세 여자가 글라우코스를 사랑하는 방법이 어떻게 다른지 자기의 의견을 써 보세요.

4. 아르바케스와 칼레누스, 버보는 당시 폼페이 시민들의 좋지 않은 점을 대표하는 성격을 가지고 있습니다. 그들의 공통된 성격이 무엇인지 쓰고, 오늘날 사람들의 성격과 비교해 보세요.

5. 다음 글을 천천히 읽어 보세요. 그리고 칼레누스의 생각에 비추어 사람이 어떤 유혹이나 위협, 나쁜 습관에 맞서서 과감하게 벗어나기 힘든 까닭을 써 보세요. 하루빨리 나쁜 습관을 고치려면 어떤 것이 필요한지도 써 보세요.

아르바케스는 칼레누스에게 거짓 신탁을 하도록 가르쳤고, 자신의 저택 지하 방에서 비밀 연회를 열어 많은 여인들과 어울리며 방탕하게 살았다. 그가 늘 자신의 예사롭지 않은 능력을 자랑했기 때문에 칼레누스는 그를 굳게 믿고 따랐다. 아르바케스가 섬뜩한 눈빛으로 마법과 같은 힘을 보여 줄 때도 있어서 칼레누스는 감히 그를 거역할 생각조차 하지 못했다. 또 아르바케스가 시키는 대로 하면서 그 역시 방탕한 삶을 즐길 수 있었기 때문에 별다른 불만이 없었다.

6. 다음은 아르바케스가 아파에키데스에게 하는 말입니다. 이 말에 담긴 아르바케스의 종교관을 비판해 보세요. 그런 뒤에 올바른 종교인의 자세에 대해 한 가지 이상씩 써 보세요.

"세상에는 다양한 신앙이 있어. 우리의 신앙도 그중 하나일 뿐이야. 따지고 보면 신의 존재를 확실히 아는 사람이 세상에 어디 있겠어? 다 사람들이 자기들 편한 대로 신을 만들어 내고 믿는 거지. 나는 그런 사람들을 위해서 속임수를 쓰는 거야. 그들은 속임수에 넘어가서 마음의 평화를 얻고, 우리는 많은 재물을 얻으니 서로 좋잖아."

7. 어느 날 갑자기 대재앙이 닥친다면 그 순간 무엇을 생각하며 어
   떤 일을 하고 있을지 상상해서 써 보세요.

풀이

이해 능력 Level Up!

1. 4)   2. 5)   3. 4)   4. 2)   5. 3)

6. 3)   7. 2)   8. 3)   9. 4)   10. 3)

11. 4)   12. 3)   13. 4)   14. 4)

논리 능력 Level Up!

1. 글라우코스는 여러 가지 면에서 풍요로운 생활을 즐기는 청년이었
   지만, 조국 그리스가 로마의 식민지가 된 것을 괴로워했다.

2. 아르바케스가 주장하는 이시스 신앙은 사람들에게 거짓 신탁을 알
   려 주고 돈을 버는 종교이다. 아르바케스는 그 돈으로 방탕한 생활
   을 즐길 뿐이다. 그것이 바로 신전의 비밀이다.

3. 아르바케스는 이오네를 차지할 욕심 때문에 글라우코스를 증오하
   고 있고 율리아는 질투 때문에 글라우코스를 차지하려고 애쓴다.

4. 아직 성숙하지 못한 아파에키데스에게 거짓말을 늘어놓고, 온갖
   음식과 미녀들로 유혹하였다. 그래서 아파에키데스가 점점 방탕한
   생활에 젖어들게 하였다.

5. 기독교인들은 소박한 삶을 살고자 하지만 폼페이 시민들은 사치와

쾌락을 즐긴다. 그래서 폼페이 사람들은 기독교인들을 못마땅하게 여기며 적처럼 생각한다.

6. 글라우코스는 마녀가 만든 사랑의 묘약을 먹고 미치광이가 된다. 그래서 밤의 거리로 뛰쳐나가 숲속을 헤매게 된다. 그때 아르바케스가 아파에키데스와 다투다가 그를 죽인다. 살인자가 된 아르바케스는 마침 미치광이가 되어 제정신이 아닌 글라우코스를 아파에키데스의 시신 위로 떠밀어 놓고 그에게 살인죄를 뒤집어씌운다.

7. 칼레누스는 돈밖에 모르는 인물이다. 그는 돈이 생기는 일이라면 무엇이든 하는 인물이다. 그래서 아르바케스가 살인하는 장면을 보고도 그것을 돈벌이 수단으로 이용하려고 한다.

8. 니디아는 남몰래 글라우코스를 사랑하고 있었다. 그래서 율리아가 쓰려고 하는 사랑의 묘약을 훔친 것이다. 그 약을 먹은 글리우고스가 바로 앞에 있는 자신을 사랑하게 될 것이라고 믿었기 때문이다.

9. 아르바케스는 사람을 사자의 밥으로 만들어 버리는 폼페이 사람들을 보면서 자신의 잘못된 행동을 정당화하고 있다. 아르바케스 자신이나 폼페이 사람들이나 추악하기는 마찬가지이다.

10. 대재앙이 닥쳤을 때도 폼페이 사람들은 자신의 욕심을 버리지 못했다. 그래서 재물을 챙기고 심지어 약탈까지 일삼았다. 그러면서 탈출할 시간이 없어 그들은 죽을 수밖에 없었다. 훗날 발견된 폼페이 사람들의 뼈는 대부분 그런 사람들의 짓이있다.

논술 능력 Level Up!

1. 예시 : 클로디어스는 여성을 판단할 때 미모와 재력(돈)을 매우 중시한다. 반면에 글라우코스는 여성이 지닌 학식이나 교양, 예술적 재능을 매우 중시한다. 누구의 생각이 정답이라고 할 수는 없지만 여성의 내면(마음씨)보다 조건을 중시하는 클로디어스의 생각은 올바르다고 말하기 힘들다.

2. 예시 : 안중근 의사나 윤봉길 의사 같은 분들은 조국의 독립을 위해 자신을 버렸다. 하지만 글라우코스는 재산과 능력이 충분한데도 그것을 조국 독립을 위해 사용하지 않았다. 그러면서 여행이나 노름, 연회나 즐기면서 세월을 보낸 것은 잘못이라고 본다. 결국 글라우코스의 가슴에는 뜨거운 조국애가 없었다고 말할 수 있겠다.

3. 예시 : 이오네와 니디아, 율리아는 글라우코스라는 한 남자를 사랑한 공통점이 있다. 그중에 이오네는 글라우코스의 사랑을 받은 행운의 여인이었다. 하지만 니디아는 글라우코스를 위해 자신의 생명까지 바친 헌신적인 사랑을 했다. 율리아의 경우는 진정한 사랑이었다기보다는 매력적인 한 남성을 독차지하고 싶은, 질투에 눈이 먼 사랑이었다.

4. 예시 : 아르바케스와 칼레누스, 버보는 다른 사람을 이용해서라도 자신의 욕심을 채우는 탐욕적인 인물이었다. 그들은 돈으로 모든 것을 해결하는 사람들이었다. 그들에게는 학문, 인정, 교양 따위는 소중하지 않은 가치였다. 그들은 오로지 돈을 많이 벌어서 사치와 방탕을 즐기고 싶은 마음뿐이었다. 그래서 그들 사이에는 의리와 믿음이 있을 리 없었다. 그저 서로를 이용할 따름이었다. 오늘날

에도 이 세 사람의 피와 그릇된 가치관을 물려받은 사람들이 적지다. 그래서 세상에는 온갖 추악한 일들이 끊임없이 벌어지고 있다.

5. 예시 : 옛말에 길이 아니면 가지를 말고, 돌다리도 두드려 보고 건너라는 말이 있다. 그것처럼 일단 사람이 어떤 유혹에 빠져서 못된 길로 들어서면 빠져나오기가 힘들다. 함께 범죄를 저질렀다는 약점을 갖게 됨과 동시에 위협도 피하기 힘들다. 게다가 자신도 모르게 방탕이나 범죄를 즐기는 마음에 빠져들 수도 있기 때문이다. 고쳐야 할 자신의 나쁜 습관은 자신이 가장 잘 알고 있을 것이다. 문제는 얼마나 야무지게 고쳐 나가는가 하는 것이다.

6. 예시 : 아르바케스는 참다운 종교인이라고 말하기 힘들다. 그는 종교를 이용해서 돈을 벌고 있는 장사치에 불과하다. 그는 사람들의 약한 마음을 신이라는 이름으로 파고들어 온갖 거짓말을 늘어놓는 인물이다. 바람직한 종교인의 자세에는 여러 가지가 있겠지만 적어도 종교를 핑계로 돈을 벌거나 사람들을 위협해서는 안 된다고 생각한다.

7. 예시 : 대지진, 핵폭발 또는 대홍수 같은 재앙이 어느 날 예고 없이 찾아온다면 세상은 아수라장이 되고 말 것이다. 그런 순간에 이성을 잃지 않고 행동하기는 쉽지 않을 것이다. 생각하기도 싫은 끔찍한 장면이 눈앞에 계속 펼쳐질 것이다. 만약 그런 일이 일어나면 너무 당황해 나도 다른 사람처럼 도망치기 위해 허둥거릴 것이다. 자신의 목숨이 위험한 상황 속에서 침착하게 행동하는 것은 무척 힘이 드니 말이다. 그리고 사람의 지혜와 힘으로 막을 수 있는 재앙이라면 평소에 예방하는 게 가장 좋다고 생각한다.